KB096657

전국민 책쓰기 프로젝트

글은 잘 못쓰지만
작가는 되고 싶어

전국민 책쓰기 프로젝트

글은 잘 못쓰지만
작가는 되고 싶어

발 행 | 2022년 10월 12일

저 자 | 나상훈(코덕남)

펴낸이 | 한건희

펴낸곳 | 주식회사 부크크

출판사등록 | 2014.07.15(제2014-16호)

주 소 | 서울특별시 금천구 가산디지털1로 119 SK트윈타워 A동 305호

전 화 | 1670-8316

이메일 | info@bookk.co.kr

ISBN | 979-11-372-9610-7

www.bookk.co.kr

전국민 책쓰기 프로젝트

글은 잘 못쓰지만 작가는 되고 싶어

나상훈(코덕남) 지음

차
례

Prologue

지극히 평범했던 나,
버킷리스트였던 책을 출판하다!

2022.07.12 이 날이 무슨 날인지 아는가? 너무도 특별해서 외우고 있는 날이기도 하다. 이 날은 나의 첫 책이 세상 밖으로 나온 날. 나에게 있어 매우 특별한 날이다.

사실 지극히 평범한 내가 책을 쓸 것이라는 건 전혀 꿈꾸지 못했던 일이다. 하지만 직장을 퇴사하고 잠시 쉬는 중 나의 버킷리스트인 책쓰기의 꿈을 결국 이루게 되었다. 이처럼 살면서 나만의 책을 써보고 싶다는 생각을 하는 사람들이 정말 많을 것이다.

오래 전, 책을 내고 싶다는 마음에 책쓰기 관련 강의를 들으러 갔을 때에도 만석이 된 모습을 보았고, 강의 끝물 QnA시간에 정말 많은 사람들이 책쓰기 관련 질문을 쏟아내는 것을 보고 그 열기를 느낄 수 있었으니 말이다.

강의를 듣고 나서도 책은 특별한 사람만이 내는 것이라는 생각에 차일피일 미루다가 언젠가 뇌리를 스친 생각 하나가 나를 바로 의자에 앉아 꾸준히 책을 쓰게 만들었다. '쉬는 동안 내 책을 내지 못한다면 나중에도 절대 책을 낼 수 없을 것이다'

책을 쓴다는 것이 사실 쉬운 일은 아니다. 한 달 안에 책을 내겠다는 목표로 하루 10시간씩 의자에 앉아 매일 꼬박꼬박 책을 써내려갔지만, 중간에 포기하고 싶다는 생각이 정말 많이 들었었다. 그런 생각이 들 때면 오로지 내 책이 시중에 판매되고 있다는 달콤한 상상을 하며 인내심으로 책쓰기를 마무리할 수 있었다. 그 결과 현재 yes24, 교보문고, 알라딘 등 온라인 서점에 입점되어 내 책이 판매되고 있으며 볼 때마다 굉장히 뿌듯하다.

흔히 책을 출판한답시고 비싼 돈을 주고 고가의 강의를 듣는 사람들이 많다. 나 역시도 무료로 진행되는 책쓰기 관련 강의를 2~3번 정도 들은 경험이 있는데 처음에는 출판 관련 기초 내용에 대해서 말해주다가 마지막엔 출판을 도와준답시고 고가의 비용을 요구하는 경우가 많았다. 물론 그 당시 책을 내고 싶다는 열망이 가득했기에 살짝 고민은 했지만 비용 부담 때문에 포기하긴 했지만 말이다.

아무쪼록 무료로 진행되는 책쓰기 강의를 통해 책쓰기의 전반적인 과정에 대해서 알 수 있었고 나머지는 관련 책을 통해 공부했다. 돌이켜 생각해보면 책쓰기를 하기 위해 강의를 듣고 관련 책으로 공부하는 것 역시 중요하지만 더 중요한 건 쓰고자 하는 나 자신의 의지였다. 즉, 실행하는 것. 아무리 출판 관련 프로세스, 그 방법들을 모조리 알고 있다 하더라도 직접 실행으로 옮기지 않는 한 한 권의 책이 나올 리 만무하다.

2022년 7월 남자 그루밍에 대해서 쉽게 알려주는 〈남자 그루밍 잘은 모르겠지만 잘생겨지고는 싶어〉 첫 책 출판 이후 주변 지인들의 연락이 많았다. "출판하는데 몇 천만원 들지 않느냐", "나도 출판을 하고 싶은데 어떻게 하느냐" 등 은근 출판은 하고 싶은데 그 방법을 모르는 지인들이 많다는 사실을 알고 이미 혼자서 출판을 경험해 본 나로서 출판을 원하는 분들에게 도움을 줄 수 있는 방법은 없을까 라는 고민 끝에 지금의 두 번째 책을 쓰고 있다.

 처음 시작이 어렵지 그 이후의 과정은 전혀 어렵지가 않다는 것을 몸소 깨달은 바 처음부터 완벽하지 않더라도 일단 시작해서 끝맺음을 맺는 것이 몹시 중요하다.

 나는 본 책을 통해 책쓰기는 특별한 사람만 할 수 있는 것이 아니라는 사실을 알려주고 싶었다. 일반인들도 요즘 자신의 브랜딩을 위해 책을 많이 내고 있고 직장인들 역시 버킷리스트라며 책을 내는 사람이 많기 때문이다.

 내가 직접 경험했듯 자신만의 책을 쓰고 그것이 유통되어 판매되는 짜릿함을 느끼고 싶은 분들에게 이 책이 많은 도움이 되길 바라며 지금 바로 책쓰기 그 여정을 시작해 보고자 한다.

평범한 당신도
작가가 될 수 있다

지극히 평범한 당신도
책을 쓸 수 있다

책은 특별한 사람만이 쓸 수 있는 것이 아니며 나를 브랜딩 하기 위해, 내가 알고 있는 지식, 노하우 등을 필요로 하는 많은 이들에게 전파하기 위해 등 일반인들도 자신만의 목표에 따라 책을 쓸 수 있다.

최근에 읽었던 책 중 이승희 마케터님의 〈별게 다 영감〉이란 책은 자신이 영감을 얻기 위해 모으고 기록했던 내용들을 한 권의 책으로 펼쳐냈다. 별게 아닌 순간들도 저자는 기록하였고, 그것들을 한데 모아 책으로 엮은 걸 보고 '아하, 이런 소재도 충분히 책으로 만들 수 있겠구나'란 생각을 할 수 있었다. 마케터인 나도 책을 보면서 많은 영감을 얻을 수 있었고 동시에 기록의 중요성에 대해 다시금 깨달을 수 있었다.

이 외 연이님이 지은 〈오늘부터 아빠랑 친해지고 싶어요〉란 도서역시 저자가 직접 겪은 아빠와 친해지는 방법을 담아낸 책으로 평소 아빠와 어색함을 많이 느끼고 대화를 트는데 어려움을 느꼈던나 역시 책을 읽으면서 그 노하우를 배워볼 수 있었다.

홍경환 저자님의 〈절대지식 치매 백과사전〉 또한 일반인이었던 저자가 알츠하이머 치매를 앓고 있는 아버지를 더 잘 모시고 싶은 마음에 치매 관련 책을 읽고 공부해 쓴 책이다.

이 외에도 자신의 경험, 노하우, 지식을 바탕으로 낸 책들은 서점에서 찾아보면 정말 무수히 많다. 자신만의 글이 누군가에게는 따뜻함과 위로를 전해줄 수 있고, 내가 가진 노하우가 필요한 누군가에게는 좋은 선물이 되어 줄 수 있을 것이다. 특별한 사람만이 아닌 평범한 사람 역시 책을 쓸 수 있다는 사실을 늘 염두에 두고 자신만의 이야기를 담은 책쓰기를 오늘부터 시작해보면 어떨까.

책쓰기의 이점

책쓰기를 직접 경험한 사람으로 책쓰기의 이점을 다음과 같이 말할 수 있을 것 같다. 이보다 더 많은 이점들이 있을 수 있겠으나 대표적인 것들만 언급해보고자 한다.

브랜딩

자신의 전공 분야와 관련된 소재로 책을 출판할 경우 자신을 브랜딩 할 수 있는 가장 좋은 방법이 바로 책쓰기라고 생각한다. 나는 대학교에서 화장품을 전공했고, 화장품 관련 블로그 12년 이상 운영, 화장품 회사 마케터로 8년 재직, 화장품 관련 방송 출연 등 화장품 관련 다양한 이력을 보유하고 있다. 책쓰기를 하기 전에도 내가 가장 잘하고 좋아하는 것은 무엇인지, 나의 전공을 살리면서 다른 이들에게 도움을 줄 수 있을 만한 것은 무엇이 있을지를 생각하던 중 남자 그루밍 관련 책을 출판하게 되었다.

즉, 나는 화장품을 전공했고 관련 일을 하면서 관련 도서까지 출판해 나 자신을 브랜딩 하는 기회도 동시에 가질 수 있게 된 것이다. 책을 냄으로써 나를 소개할 때 이야기 거리도 하나 더 생길 뿐 아니라 내 분야에 대한 전문성도 함께 입증할 수 있는 부분 역시 하나의 이점이라고 말할 수 있을 것 같다.

성장의 기쁨

책을 쓰기 전 까지만 하더라도 출판은 특별한 사람만이 할 수 있는 것으로만 생각했다. 출판은 물론 여러 종류가 있겠지만 대표적으로 기획출판, 자비출판, 자가출판이 있다. 항상 기획출판의 가능성만 열어 두었기 때문에 유명하지도 않은 내가 원고를 보냈을 때 받아줄 출판사가 있을까 하는 두려움 때문에 시작하기도 전에 책쓰기에 더욱 어려움을 느꼈었던 것 같다. 하지만 자가출판 플랫폼을 알게 되면서 그 가능성을 열어 두었고 물론 A 부터 Z 까지 혼자서 모든 것을 컨트롤 해야 한다는 단점은 있지만 나만의 이야기 거리와 소재만 있다면 언제든 책을 출판할 수 있다는 사실을 알고 나서 도전하기 시작했다. 이번이 아니면 영영 책을 쓰지 못할 거란 생각으로 책을 쓰게 되었고 책을 써보면 알겠지만 200~300 장 분량의 책을 쓴다는 것은 인고의 과정이다. 이 힘든 과정을 모두 거치고 나면 한 권의 책이 만들어지고 필요로 하는 많은 사람들에게 판매되는 것을 보면 뿌듯함 또한 느낄 수 있다.

또한 책을 쓰면서 내가 알고 있던 지식들에 대해서 다시 한번 정리하며 공부해 볼 수도 있고 그러면서 나 스스로 성장하는 기쁨도 동시에 느낄 수 있다.

처음 책을 집필할 당시에는 불안함이 가득했지만 점점 원고가 완성되고 내지를 편집하는 과정에서 책이 만들어지는 장면과 판매되는 장면을 상상하니 불안함이 짜릿함과 설렘으로 바뀌는 것이 아니겠는가. 기존에 몇 년 동안 적혀져 있던 나의 버킷리스트가 이루어지니 다른 것도 이룰 수 있겠다는 자신감과 더불어 출판 과정을 한 번 겪고 난 이후 두 번째 책쓰기도 무리 없이 진행하고 있는 것을 보니 역시나 생각만 하는 것보다 직접 한 번 경험해보는 것이 낫다

라는 것을 새삼 깨달을 수 있었다. 즉, 책을 쓴다는 것은 어쩌면 내가 한 층 더 성장하는 기쁨을 누릴 수 있다는 것 과도 같다.

인물 검색 등록

지인이 나에게 이 사실을 알려주기 전까지 네이버 인물검색은 유명인들이나 인플루언서, 화제 인물들만 등록이 가능한 것으로만 여겼다. 하지만 책을 출판한 작가가 되면 네이버 인물 검색 역시 등록할 수 있다는 사실을 알고 책 출판 한 달 후 네이버 인물 검색 등록까지 완료해 현재 내 이름 혹은 닉네임인 코딕남을 검색해보면 노출이 되고 있는 것을 확인할 수 있다.

이렇게 책을 출판하면 작가의 자격으로 인물 검색을 등록할 수 있는 기회가 주어지니 도전해보기 바란다.

영향력 전파

이 영향력 전파라는 말을 다른 각도에서 해석해보면 책을 필요로 하는 많은 사람들이 책을 직접 구매해서 읽고 변화를 이루었을 때 적용할 수 있는 말이라고 생각한다.

나 같은 경우 책이 출판되어 여러 온라인 외부 채널에 종이책, 전자책 형태로 깔렸을 때 정말 필요한 사람들은 어떻게 든 구매해서 보겠다 란 생각과 판매도 판매지만 필요로 하는 사람 단 한 명이라도 구매해서 그들이 직접 실천하며 결점이나 고민을 해결하길 바라는 마음으로 책을 썼다.

내가 죽어도 내 책은 남아 계속해서 판매가 될 것이고, 필요로 하는 사람들에게 읽히며 영향력을 전파할 수 있을 것이다. 이렇게 자신만의 목표와 비전을 가지고 책을 쓰면 더욱 재밌게 책을 쓸 수 있고 동기부여가 될 것이라고 생각한다. 여러분들도 자신이 가지고 있는 지식과 노하우를 필요로 하는 많은 사람들에게 전파하겠다는 사명감을 가지고 책쓰기를 시작해보기 바란다.

수익 창출의 기회

나 같은 경우 기획출판이 아닌 자가출판으로 부크크란 플랫폼을 통해 책을 출판했다. 기획출판에 비해 자가출판 방식이 인세가 살짝 더 높다는 장점은 있지만 A부터 Z까지 모든 과정을 혼자 진행해야 한다는 어려움은 있다.

기획출판의 경우 원고를 출판사에 전달하면 그 이후 표지라든지 내지 디자인, 마케팅 등을 모두 진행해주지만 자가출판은 홍보나 마케팅 역시 혼자서 진행해야 한다. 물론 개인적으로 마케팅 비용이 여유로워 광고를 집행하면 책이 판매가 되겠지만 책을 출판하고 아무런 마케팅 활동이 없으면 책이 잘 팔리지는 않는다.

하지만 부크크를 통해 책을 출판하면 한 달 내 교보문고나 yes24 등 온라인 대형 서점에 입점을 해주고, 전자책 오픈마켓 유페이퍼에 PDF 전자책까지 등록해 올려 놓고 만 있어도 책은 필요한 사람에 의해 계속해서 판매가 된다.

지금도 내 책은 여러 채널에 올라가 있고 조금씩 판매가 되면서 인세가 누적되고 있다. 이 외 종이책을 편집 및 수정하여 전자책으로 크몽이나 탈잉 등의 플랫폼에 올려만 놓아도 수익 창출의 기회를 노려볼 수 있고, 계속해서 출판을 하다 보면 강연 기회까지 와 추가 수익 창출도 할 수 있다. 자가출판은 여러가지를 스스로 해야 하므로 자신의 역량만 충분하다면 언제든지 수익화를 할 수 있는 기회는 다분하다고 할 수 있다.

CHAPTER2

책쓰기
준비 단계

출판의 종류 :

기획출판, 자비출판, 자가출판

출판의 종류에도 여러가지가 존재한다. 하지만 여기서는 알아 두면 좋을 핵심 출판 방식 세가지를 소개하고자 한다. 이 정도만 알고 있어도 충분하니 각각의 출판 방식에 대해 파악해보는 시간이 되길 바란다.

기획출판

기획출판은 원고를 써 출판사에 투고를 하고 출판사와 계약해서 책을 출판하는 방식으로 원고를 넘기면 모든 비용과 그 과정을 출판사에서 담당한다. 즉, 내지 편집, 표지 디자인, 마케팅 등을 출판사에서 진행하고 저자가 출판사에 따로 내는 돈은 없다. 기획출판의 경우 판매를 위해 홍보나 마케팅에 많은 노력을 기울이고 저자인세는 물론 각 출판사마다 다르지만 보통 5~10% 선으로 책정된다.

작가가 직접 원고를 투고하는 방법, 혹은 출판사에서 직접 원고나 인물을 찾아 나서는 방법으로 진행되는 경우가 많다. 기획출판을 통해 출판을 하기 위해서는 유튜브나 블로그, 인스타그램 등을 통해 자신의 영향력을 계속해서 어필하는 것이 좋고 어느 정도 원고에 자신이 있으면서 책 다운 책을 만들고 싶을 때 고려해 볼 법한 출판 방법이기도 하다.

단, 나 같은 경우 유명한 인플루언서도 아니고 영향력 있는 인물도 아니기에 기획출판 자체를 생각하지 않았었다. 사실 책을 직접 내기 전까지 출판의 방법으로 기획출판의 방법만 존재하고 있다고 생각해 나 자신의 가능성을 늘 한정 짓곤 했었는데 최근 자가출판의 방식이 있다는 걸 알게 되면서 그 방법으로 책을 내게 된 케이스. 관련 내용은 아래에서 더 자세하게 설명할 예정이니 참고하기 바란다.

출판사에서 책이 팔리지 않을 것 같아서, 그리고 내가 작성한 원고를 출판사에 투고 했음에도 불구하고 거절을 당할 경우엔 아래의 자비출판 혹은 자가출판의 방법도 고려해 볼 수 있다.

자비출판

니체와 헤르만 헤세도 자비출판 방식으로 책을 출판했다고 한다. 이 부분만을 봤을 때 꼭 기획출판만을 고집할 필요는 없다. 자비출판은 말 그대로 내 돈을 내서 출판하는 것을 말하며 출판에 들어가는 모든 비용을 부담하는 형태의 출판을 말한다. 모든 비용을 작가가 부담하면 출판사에서는 편집, 인쇄, 유통, 제작을 맡아준다. 앞선 기획출판과 비교했을 때 인세가 약 50% 정도로 높다는 장점이 있다.

POD출판(자가출판)

최근 고품질 디지털 인쇄 기반 POD 출판이 대중화되면서 출판사를 끼지 않아도 나만의 책을 직접 출판할 수 있는 자가출판의 길이 열리게 되었다. 내가 책을 출판할 때 선택했던 출판 방식이기도 한 POD출판은 Print-On-Demand Book Publishing의 약자로 주문이 오면 인쇄를 하는 맞춤형 소량 출판 방식을 뜻한다.

쉽게 말해서 POD출판은 앞서 살펴본 기획출판과 자비출판의 중간 개념으로 나만의 원고가 있다면 스스로 본문 디자인, 표지 디자인, 마케팅 등을 모두 진행해 책을 낼 수 있다.

인세는 플랫폼마다 다르지만 내가 선택한 자가출판 플랫폼인 부크크의 경우 부크크 자체에서는 14% 정도, yes24, 알라딘, 교보문고 등 외부 유통의 경우 9% 정도이고(컬러, 흑백, 페이지 수 등에 따라 천차만별로 인세가 달라질 수 있으므로 참고만 하길 바란다. 인세 역시 내 책 기준으로 언급한 부분이며 언제든 달라질 수 있음) 전자책으로 판매할 경우 70~80% 정도의 인세를 받아볼 수 있다.

자가출판의 경우엔 주문과 동시에 책을 찍어내기에 재고를 떠안지 않아도 되는 장점은 있으나 책을 주문하면 배송 기간이 7일 정도 소요되는 단점은 있다.

어떤 방식의 출판을
선택하는 것이 좋을까?

앞서 살펴봤듯 자비출판은 비용적인 부분이 부담스럽고, 기획출판은 내가 유명 인플루언서가 아니기에 원고를 투고해도 받아줄 출판사가 있을지 걱정이 많았던 게 사실이다. 즉, 내가 진행하기엔 진입 장벽이 높은 출판 방식이란 생각이 들었다.

일반인인 내가 책을 내기에 가장 적합한 방식으로 꼽았던 건 POD 방식. 즉, 자가출판 방식이었다. 판매 자체는 어렵긴 하지만 표지 디자인과 내지 디자인까지 외주 없이 본인이 직접 할 수 있다면 비용이 들지 않으면서 책을 출판할 수 있고 나만의 원고가 있다면 가장 쉽게 출판할 수 있는 방법이기 때문이다.

출판 방식 각각의 장단점이 있겠지만 자신의 목적에 따라 선택해 보면 좋을 듯하다. 인지도가 있고 SNS에서 큰 영향력을 미치는 사람, 내 돈 쓰지 않고 출판을 하고 싶은 사람, 원고 글쓰기에 자신 있는 사람은 기획출판을, 자신의 전문성을 보여주길 원하거나 자신의 커리어를 쌓고 싶은 사람이라면 자비출판 방식을, 마지막으로 나와 같이 일반인으로 자신만의 스토리가 있고 비용 부담 없이 책을 출판하고 싶은 사람이라면 POD 방식, 즉 자가출판 방식을 선택하면 좋다. 출판 방법엔 정답이 없고 자신의 목적에 맞춰 적절한 방식을 선택하면 된다.

책 출판 과정

기획출판/자비출판

콘셉 확정 – 자료 조사 – 목차 작성 – 초안 작성 – 기획안 작성 –
출판사 섭외 – 출판사 계약 – 원고 작성 – 출판사 피드백&수정 –
출판사 편집 및 디자인 – 인쇄 및 제본 – 출간 및 서점 유통 – 마
케팅/홍보

* 기획출판은 출판사로부터 기획안을 보내어 출판의 가치가 있다고 판단되
어 채택되었을 경우 출판사에서 비용 부담 및 책 출판 관련 모든 과정을
도맡아 진행하며 자비출판은 말 그대로 책 내는데 필요한 비용을 모두 부

담하며 그 이후의 과정은 기획출판과 동일하다고 볼 수 있음.

POD 출판

콘셉 확정 – 자료 조사 – 목차 작성 – 초안 작성 – 원고 수정/퇴고 – 내지 디자인/편집 – 표지 디자인 – 출판 플랫폼 활용 업로드 - 출간 및 서점 유통 – 마케팅/홍보

* 자비출판은 원고 최종 작성 후 책 만드는 비용 모두 본인이 부담하되 출판사에서 편집, 인쇄, 디자인 등 책 출판 관련 작업을 모두 진행(출판사마다 진행 범위가 다를 수 있음), POD 출판은 원고 최종 작성 후 책 제목, 표지 디자인, 마케팅, 내지 편집 등 비용이 들지 않는 대신 개인이 모두 작업해야 함.

Q. 여기서 잠깐, ISBN이 무엇 인가요?

A. ISBN은 International Standard Book Number 약자로 국제 표준 도서 번호를 뜻합니다. 각 출판사가 출판한 각각의 도서에 국제적으로 표준화하여 붙이는 고유 도서 번호로 도서의 원활한 유통과 컴퓨터를 이용한 재고의 효율성 파악을 위한 고유번호로 보면 쉽습니다. 책 뒤에 있는 바코드를 보면 ISBN 코드가 나와 있는 것을 확인할 수 있어요.

기획출판, 자비출판은 해당 출판사에서 작업을 해주고 자가출판의 경우 해당 플랫폼에서 무료로 진행해줍니다. 단, 종이책을 만드는 부크크에선 무료로, E-BOOK 전자책을 만드는 플랫폼 유페이퍼에서는 유료 발급비 2,000원을 지불하면 발급이 가능합니다.

책 쓰기 전 체크리스트

저작권에 유의하고 출처를 밝혀라

책을 쓴다는 건 인고의 과정을 거친다는 것이다. 내가 알고 있던 지식만을 가지고 온전히 한 권의 책을 쓰기 어렵기 때문에 시중의 책들도 보면 중간중간 필요에 따라 각종 책이나 신문기사 등의 일 내용이 일부 인용되어 있는 것을 확인할 수 있다. 물론 인용 자체가 나쁜 것은 아니지만 책을 쓸 때 어떤 자료나 책 내용을 인용하고자 할 때 저작권 혹은 표절에 유의해서 책을 써야 한다. 책을 낸 이후 법적 문제가 될 수 있기 때문이다.

여담으로 나의 첫번째 책은 대부분이 텍스트로 이루어져 있다. 이는 이미지마다 저작권이 있기에 최대한 쓰지 않고 내가 직접 찍은 사진을 활용하려다 보니 텍스트로만 구성된 것도 있다.

아무쪼록 책을 쓸 때 책의 내지는 물론 표지에 사용된 폰트와 사진 아이콘 등이 저작권에 위배되지 않는지 폰트의 경우 상업용으로 활용이 가능한지 사전에 반드시 체크를 해야만 한다.

이 외 다른 책에서 인용한 문구라든지 블로그에서 본 문장, 내가 작성한 글이 아니라면 글을 쓴 당사자에게 직접 문의를 해서 허가를 받거나 사용료를 지불해 사용하도록 한다. 각 문헌 별 문헌 표기 방법은 다음과 같으니 참고해서 인용하거나 가져다 쓸 때는 반드시 출처 표기를 하도록 하자.

- 신문기사 : "기사제목", 신문이름, 신문 발행일, 면수
- 인터넷에서 인용한 자료 : "사이트이름, "검색어", 링크 주소(참고한 날짜)"
- 책에서 인용한 자료 : "글쓴이, 〈책제목〉, 옮긴이, 출판사(출판년도), 인용 쪽 수"

마감일을 설정하라

아래에서도 초안을 작성하기 시작했으면 한 달 내로 작성을 끝마치라고 거듭 이야기하고 있다. 모든 일이 그렇듯 마감일이 없을 경우 한없이 늘어지기 마련이다. 특히 책쓰기의 경우 매일매일 글쓰기를 통한 인고의 과정을 거쳐야 한 권의 책이 탄생할 수 있다. 마감일 설정 없이 글을 쓴다면 이 핑계, 저 핑계, 내일 쓰지 등등 미루기로 인해 완벽한 초안 작성이 힘들 뿐 아니라 나중에는 책 내는 것이 불가능하다며 그대로 포기해버리는 경우가 많다.

나 역시도 책쓰기를 할 땐 초안을 한 달 내로 쓰는 것을 목표로 잡고, 글이 잘 써질 때는 계속해서 쓰고 또 썼다. 어쨌든 한 권의 책이 완성되기 위해서는 앉아서 쓰는 것 말고는 별다른 방법이 없다. 늘어지지 않고 목표대로 책 한 권을 출판하기 위해 마감일을 반드시 설정하라.

이해하기 쉽게 책을 쓸 것

내가 필요해서 책을 구매했는데 처음부터 어렵고 이해하기 힘든 내용으로 가득하다면 그 책을 읽기도 전에 바로 덮어버릴 것이다. 이렇듯 책의 컨셉을 정하고 타겟 독자를 정했으면 그 타겟 독자에게 내 노하우와 이야기를 최대한 쉽게 전달할 수 있도록 책을 써야만 한다. 블로그 운영 시 글 쓰는 노하우 중 하나도 '어린 아이가 봤을 때도 쉽게 이해할 수 있는 글을 작성하라'이다.

책쓰기 역시 타겟 독자에게 최대한 쉽게 내 지식을 전달할 수 있도록 나 중심이 아닌 타겟 독자를 중심으로 쉽게 쓰는 것이 중요하다. 글을 쓰다 보면 은근 망각하기 쉬운 내용 중 하나이므로 항상 의식하면서 쉽게 책을 써보도록 하자.

주변을 정리하자

나 같은 경우에 자랑은 아니지만 집 치우는 것을 꽤나 귀찮아해 늘 집 정리가 제대로 되어 있지 않다. 그래서인지 주변이 지저분하고 온통 유혹천지다. 맛있는 과자, TV, 핸드폰 등등. 하지만 책을 쓰기로 마음먹었다면 이러한 유혹 요소들을 최대한 멀리하고 주변을 정돈해 글쓰기 좋은 환경으로 만드는 것이 중요하다.

집이 너무 어지럽혀 있어 글을 쓰는데 적합한 환경이 아니라면 조용히 글을 쓸 수 있는 나만의 장소를 찾아보자. 나는 조용한 가운데 글을 써야 집중이 잘 되는 편인데 누군가는 시끄러운 카페에서 글을 더 잘 쓸 수 있다. 사람마다 특성이 다를 수 있기에 최대한 집중이 잘되는 장소를 선택하고 주변을 정리해 글을 잘 쓸 수 있는 좋은 환경을 만들어 두자.

퇴고는 꼼꼼하게, 여러 번 거치자

사실 첫 책도 초안은 한 달 내로 어떻게든 작성했고 퇴고를 여러 번 거쳤다고 생각했지만 최종 결과물에 오탈자가 있는 것을 확인하고는 절망했던 기억이 있다. 내 글을 내가 계속 보더라도 오타가 완벽하게 발견되지 않을 수 있다. 그럼에도 퇴고를 최대한 꼼꼼하게 거쳐 오탈자가 없게 만들자. 퇴고와 수정이 완벽하게 되었다 하더라도 인내심을 가지고 한 번 더 수정 원고를 읽어보고 정리할 부분은 정리해보도록 하자. 이 과정이 너무 힘들게 느껴질 경우 주변 지인들의 도움을 청해보자. 내가 볼 수 없었던 부분을 주변 지인은 더 쉽게 볼 수 있기 때문이다.

Q. 여기서 잠깐, 책 한 권은 A4용지 기준 몇 장을 써야 할까요?

A. 첫 책을 쓰면서 저도 몹시 궁금했던 내용 중 하나였어요. 첫 번째 책을 쓸 당시 A4 용지 기준 139장가량이 나왔는데 기타 편집을 통해 총 282페이지의 책을 만들어 낼 수 있었습니다. A4용지에 초안 원고를 작성하고 내지

편집을 하는 과정에서 앞 표지, 목차, 폰트 크기, 줄 간격 등을 모두 고려하면 페이지 수는 변할 수 있지만 대략적으로 A4용지 기준 100쪽 내외면 약 250쪽~300쪽 정도가 나온다고 보시면 됩니다. 참고로 A4용지 1쪽은 200자 원고지 약 9장에 달하는 분량입니다.

막막하라고 쓴 건 아니고 대략적으로 A4용지로 작업할 때 감을 익히라고 적어 보았습니다. 책을 쓰기도 전부터 너무 막막해하지 말고 꾸준히 작업해 한 권의 책을 완성해봅시다.

본격적인 책쓰기 시작하기

어떤 소재로
글을 쓸 것인가?

책을 쓸 때 어떤 소재로 책을 써야 할지 몰라 책쓰기 자체를 주저하는 사람들이 많을 것이다. 나 역시도 그랬으니까. 사실 시간을 내서 충분한 사색의 시간을 거치지 않았더라면 나의 책은 아마 세상 밖으로 나오지 못했을 것이라 생각한다.

책을 내기 전 나는 생각했다. 내가 가장 잘 알고 있는 분야는 무엇일지, 내가 남들로 하여금 어떤 지식을 전파할 수 있을 것인지. 하지만 쉽게 책 소재는 떠오르지 않았고, 생각을 정리해보기 위해 노트에 나의 무기들을 하나씩 기록해보기 시작했다. 기록을 하고 나니 조금씩 답이 보이는 것이 아니겠는가. 내가 꾸준히 하고 있으면서 남들보다 잘 알고 있다고 생각하는 것은 다름 아닌 화장품과 블로그 운영이었다.

실은 남성 그루밍 도서가 아닌 블로그 운영 노하우에 대한 책을 내려고 준비하고 있었는데 갑자기 샤워를 하던 중 블로그 관련 도서는 시중에도 너무 많이 나와 있어서 경쟁력을 갖추기 어렵다고 판단, 이와 반대로 남성 그루밍 관련 도서는 그래도 뷰알못(뷰티를 알지 못하는 사람) 남성들의 니즈가 있을 것이라는 생각이 들었다. 요즘은 그래도 많은 남성분들이 그루밍에 관심을 가지고 자기 자신을 가꾸는데 시간을 아끼지 않는다. 유튜브만 보더라도 그 정보들 역시 쉽게 접할 수도 있다. 그럼에도 나는 기존에 나와있던 그루밍 책들과 차별화를 두어 책 한 권만 보면 그루밍을 쉽게 그리고 제대로 이해할 수 있도록 만들어보고 싶었다.

요즘 같은 시대에 잘 팔리는 책을 보면 자기계발서, 힐링 에세이, 부동산 관련 책 등 사람들이 겪고 있는 문제와 결함을 해결해 줄 수 있는 책들, 위로를 줄 수 있는 책들이고 실용/취미 분야는 그 마지막이라고 한다. 내가 내는 책은 실용/취미 분야의 부류에 속하긴 했지만 어쨌든 내가 가장 잘하는 전문 분야가 화장품, 뷰티 쪽이고 내 책을 통해 한 사람이라도 변화할 수 있고 도움을 받을 수 있으면 좋겠다 라는 생각으로 첫 책 남자 그루밍 관련 책을 내게 된 것이다.

 이렇듯 사람마다 잘 알고 있으면서 흥미를 느끼는 분야가 각자 하나씩은 있을 것이라 생각한다. 아무리 생각해봐도 찾아볼 수 없다면 일단 시장조사를 먼저 해보는 것을 추천한다. 시장조사를 하고 나면 또 다음과 같은 생각을 하며 한 숨을 쉴 것이다. "휴… 내가 과연 책을 낼 수 있을까?" 하지만 그 와중에 내가 쓸 수 있는 주제들을 찾는 것이 중요하다.

 이 외 중요한 것은 길거리를 다니거나 지하철을 탔을 때 등 머리 속에 떠오르는 생각들을 스마트폰 혹은 메모장에 바로바로 기록해 두는 것이다. 나 역시도 책을 낼 때 어떤 소재로 책을 내면 좋을지 소재를 찾지 못해 막막 했었는데 책을 낸다고 마음을 먹고 나서부터는 나도 모르게 불시로 번뜩이는 생각들이 자꾸만 떠오르는 것이 아니겠는가. 이 모든 것들이 머리속에서 사라질까 빠짐없이 즉시 메모하고 기록했다.

남자 그루밍 관련 책을 낸다고 했을 때도 단순히 기존에 나와 있던 책들 그대로 기본적인 남자 그루밍 지식만 전파하기보다는 기존 책들과 다르게 다양한 정보를 전달할 수 있는 방법은 없을지 생각하고 고민하고 메모하는 과정에서 차별화를 두어 책을 낼 수 있게 되었다. 이렇듯 자신이 잘하는 분야, 현재 일하고 있는 것들과 관련해 서점에서 관련 도서를 여러 권 읽어보면서 소재를 생각해보고 채집하는 과정을 거쳐보는 것이 중요하다.

이 과정을 거쳤음에도 막막하다고 느끼는 사람이 분명 있을 것이다. 그렇다면 본인이 잘하는 분야 혹은 배워보고 싶은 분야의 책을 10권 정도 어렵지 않은 책으로 직접 구매하거나 빌려 읽어보고 직접 실행해보면서 얻은 성과, 경험, 그리고 지식을 책으로 써보는 것도 좋은 방법이 될 것이라 생각한다.

어렵고 막막하다고 생각하면 할수록 책쓰기와는 더 멀어질 뿐이다. 책쓰기는 누구에게나 어렵고 막막하지만 그럼에도 쓰기로 마음먹었다면 어떻게든 소재를 찾을 수 있을 것이다. 그 전에 내가 좋아하는 것, 남들에 비해 자신 있는 것, 초보자로서 왕초보에게 알려줄 수 있는 것을 찾는 과정이 선행되어야만 할 것이다. 어떻게 보면 이러한 과정은 나 자신을 알아가는 데에도 한 몫 할 것이므로 충분한 시간을 두어 책을 낼 분야를 찾고, 서점에도 직접 방문해 관련 서적도 많이 읽어보고 메모도 해보길 바란다.

 사실 처음 시작이 어렵지 발을 들이기 시작하면 그 이후의 과정은 쉬워진다. 요즘 책을 보면 전문 작가가 아닌 일반인들도 많이 내는 것만 보더라도 여러분들도 충분히 책을 낼 수 있음은 분명하다. 다만 실행을 하느냐 마느냐의 차이일 뿐. 글을 잘 쓰지 못해도 괜찮다. 자신만의 솔직한 이야기를 누군가에게 전파하고 감동을 줄 수 있다면 그것 만으로도 작가가 될 자격이 충분하기 때문.

 나를 생각해보면 처음 책쓰기를 시작할 때 소재 찾기, 꾸준히 글 쓰는 것이 어려웠지 첫 출판 경험을 소재로 두번째 책을 쓰고 있는 지금 이 시점은 이미 한 번의 책쓰기 과정을 거쳤기에 굉장히 수월하다. 책쓰기를 할 때 나의 경험을 궁금해할 다른 이들에게 유용한 정보를 전파하기 위한 목표가 그것을 지속 가능하게 하는 원동력이 되어 주었다. 책 판매도 판매지만 누군가가 내 책을 읽으면서 귀감을 얻고 그 노하우를 직접 실행해 변화할 수만 있다면 작가로서 그것만큼 뿌듯한 일도 없을 것이다.

당신의 경험, 스토리
모두 책 소재가 될 수 있다

　책을 낼 때 책을 내기 위한 목적이 무엇인지 명확할수록 좋다. 나 같은 경우 돈보다는 내 분야에 대한 전문성 입증, 브랜딩, 화장품으로 대인기피증을 극복했기에 같은 고민을 가지고 있는 누군가에게 그 경험과 극복할 수 있었던 방법을 전달해 도움이 되고 싶은 목적으로 책을 쓰게 되었다. 돈을 벌기 위한 목적, 독자에게 감동을 주고 싶은 목적 등 저마다 각기 다른 목표를 가지고 있을 것이고 이에 정답은 없다. 그러니 책을 쓰기 전 나의 책쓰기 목표가 무엇인지를 한 번 생각해보도록 하자. 목표를 정했다면 이제는 소재를 정할 차례. 당신의 경험, 스토리 모두가 책의 소재가 될 수 있다고 했는데 소재를 찾기 어렵다고 생각하면 생각할수록 어려워질 뿐이다. 자신이 가장 자신 있게 할 수 있는 것들을 일단 생각해보고, 그 분야에 대해서 자세히 모른다고 해도 괜찮다. 자료조사를 통해 공부하고 자신의 경험과 결합해 얼마든지 책을 낼 수 있기 때문이다.

국내or해외 여행을 갔다면 그 여행을 통해 배우고 느낀 점을 책으로 낼 수 있을 것이고 블로그 운영을 통해 돈을 벌어 봤다면 그 노하우를 책으로 담아볼 수도 있을 것이다. 대인기피증을 겪었던 내가 그것을 극복해 나가는 과정들을 글로 써 나갈 수도 있고, 30대를 지내면서 20대 때 알았으면 좋을 무언가를 소재로 책을 낼 수도 있을 것이다. 자기 자신에 대한 성찰, 돌아봄이 없어서 자신만의 스토리, 책을 쓸 소재를 찾기가 어렵다고 느낄 뿐이지 시간 내서 돌아보면 충분히 찾아볼 수 있을 것이라 생각한다. 내가 그랬던 것처럼 말이다.

고로 책을 쓰기 전 당신이 걸어온 길을 되돌아보면서 그것들을 적어보는 시간을 갖자. 그런 과정을 한 번 거치고 나면 문득 소재가 번뜩하고 떠오를 수 있다.

책을 쓸 때는
내가 아닌 타겟 독자를 고려하라

흔히 책을 쓸 때 내가 그냥 내고 싶어서 나 위주로 글을 쓰는 경우가 많은데 책을 내는 이유를 다시 한번 생각해보면 나도 나지만 타겟 독자로 하여금 그들의 결함을 극복하기 위한 노하우를 전수해주기 위한 목적성이 클 것이다.

이는 블로그 글만 생각해봐도 쉽다. 어쨌든 남들에게 도움을 주기 위한 목적으로 내 블로그에 열심히 글을 썼는데 이 글을 아무도 봐주지 않는다면 글을 쓴 의미가 없지 않은가. 마찬가지로 블로그에 글을 하나 작성하더라도 읽는 사람을 생각해 가독성 있는 포스팅을 하고, 내 입장이 아닌 읽는 사람의 입장에서 포스팅을 해야 많은 사람들에게 읽히는 글이 될 수 있다. 이처럼 책쓰기를 할 때도 내가 아닌 타겟 독자에게 어떤 메시지를 전달하면 좋을지 타겟 독자가 내 책을 읽어야만 하는 이유를 생각하며 내가 아닌 타겟 독자를 생각하며 글을 써내려 가는 것이 좋다.

책쓰기를 할 때 '내가 아닌 타겟 독자를 생각할 것' 이 부분은 머리로는 알고 있어도 책을 쓸 때 은근 간과하는 경우가 많다. 타겟 독자를 생각하고 그들이 쉽게 읽을 수 있도록 최대한 쉬운 표현으로 책을 써보도록 하자.

차별화하라

사실 요즘 시중에 나와 있는 책의 수가 셀 수 없을 정도로 많다. 지금 이 순간에도 서점에 깔리고 온라인에 입점 되는 책들이 많이 있을 것이다. 이렇듯 시중 서점에는 매일매일 새로운 책들이 쏟아져 나온다.

비단 책만의 이야기는 아니다. 화장품만 생각해봐도 같은 카테고리의 제품이 하루에도 수십 개에서 수백 개씩 쏟아지고 있다. 하지만 소비자가 보기에는 모두 고만고만한 제품일 수 있기 때문에 내 제품 혹은 내 책이 소비자로 하여금 입소문이 나고 판매가 되도록 만들기 위해서는 "차별화"가 필요하다.

원래 내가 첫 책으로 내려고 했던 건 앞에서도 언급했듯 블로그 운영과 관련된 팁을 다룬 책이었다. 하지만 시중에 블로그 관련 책이 너무 많아 경쟁력이 떨어질 것 같은 생각에 남자 그루밍 쪽으로 방향을 틀게 된 것이었다. 찾아보면 오래되긴 했지만 기존에 출간되어 있는 남자 그루밍 관련 책은 3~4권 정도가 있다. 그 책들을 읽어보면 내용이 거의 엇비슷해서 내가 내는 책에 어떤 차별화 포인트를 줄 수 있을지 책을 쓰면서 여럿 고민을 거쳤고 기존 남성 그루밍 관련 책에 없던 내용인 머리부터 발끝까지 12년차 블로거가 추천해주는 인생템, 상황별 그루밍 관리팁, 블로그 운영팁까지 특별 부록으로 담아 차별화 포인트를 두었다. 어떻게 보면 남자 그루밍 소재에 원래 내려고 했던 블로그 운영 팁까지 더해진 책이 나온 꼴이다.

이렇게 차별화를 둔 것은 시중에 나와 있는 많은 책들 중 내 책을 사게 만드는 포인트를 두기 위함이었다. 어떻게든 기존 책에 없던 차별화된 내용, 관련된 풍성한 내용을 넣었을 때 독자로 하여금 만족감을 줄 수 있고 입소문이 날 수 있다는 생각으로 말이다.

책 소재를 정하고 유사 카테고리의 책을 찾아보면 시중에 여러 책들이 많이 나와 있을 것이다. 이것들 모두는 아니더라도 몇 권이라도 읽어보고 차별화할 수 있는 포인트를 생각해 내 책을 사야만 하는 이유. 즉, "차별화"를 만들어보면 어떨까.

타겟은 좁고 명확하게
잡아라

책쓰기 소재를 정했다면 그에 맞는 타겟을 정하는 과정도 중요하다. 무엇이든 욕심을 내어 타겟의 범위를 넓게 잡는 경우가 많다. 하지만 책쓰기를 할 땐 그 타겟을 좁고 명확하게 잡는 것이 좋다.

내 첫 번째 책은 남자 그루밍 관련 도서로 20~30대 그루밍을 잘 모르는 남성들을 타겟으로 책을 출판했다. 타겟을 좁고 명확하게 정하면 책쓰기를 할 때 그 내용을 더 명확하게 책에 담을 수 있고, 타겟 독자에게 어떠한 어투로 이야기하면 좋을지도 명확해진다.

아울러 타겟을 정하면 그 이후에 책을 홍보할 때도 어떠한 컨텐츠를 만들면 좋을지 방향성이 명확하게 정해질 뿐 아니라 광고를 집행할 때도 수월하게 진행할 수 있다. 실제 인스타그램으로 내 첫 책 광고를 돌렸을 때 20대, 30대 남성 유입이 가장 많았지만, 40대, 50대 남성의 유입도 어느 정도 있는 것을 확인할 수 있었다.

어쨌든 책을 쓸 땐 타겟은 최대한 좁고 명확하게 잡자. 타겟을 좁고 명확하게 잡으면 잘 안 팔리지 않을까 우려하는 사람이 분명 있을 것이다. 하지만 내가 타겟을 20대, 30대로 잡았다 한 들 꾸미기, 남자 그루밍에 관심이 있다면 40대, 50대 연령층도 유입이 되어 확산되며 그들에게 까지도 구매가 이어질 수 있다.

책쓰기 글쓰기에는
정답이 없다

음, 사실대로 말하면 나는 글을 잘 쓰는 편은 아니다. 그나마 12년째 매일 같이 블로그 포스팅을 하고 있어 글을 술술 써내려 갈 순 있지만 전문가처럼 어휘력이 풍부하면서도 잘 읽히는 글을 쓰지는 못하는 것 같다.

소설책을 읽거나 에세이를 읽을 때면 항상 이런 생각이 든다. '와, 글 정말 잘 읽히네' '글이 정말 맛깔나네' '나는 이런 글을 쓸 수 있을까' 하지만 내가 이런 생각만으로 책쓰기를 포기했다면 나의 책은 결코 세상 밖으로 나올 수 없었을 것이다. 글을 잘 쓰지 못하더라도 일단 실행했기에 나의 버킷리스트인 내 책 출판이란 목표를 이뤄낼 수 있었던 것이다.

많은 사람들은 생각할 것이다. "책을 쓰고 출판을 한다는 건 전문 작가만 할 수 있는 것이 아닐까?", "글쓰기를 잘해야만 책을 낼 수 있지 않을까?" 등등. 앞서 여럿 이야기한 것처럼 요즘 나오는 책들은 작가가 아닌 일반인들이 쓴 책들이 더 많은 추세다. 이것 만으로도 충분히 위안이 되지 않는가. 그러니 두려움을 잠시 내려놓자.

책쓰기를 하기 위해서는 일단 책을 많이 읽는 것이 중요하다고 많이들 이야기한다. 머릿속에 여러 가지 재료가 있어야 책 쓰기도 수월하며 필요할 때마다 인용하고 재가공해서 활용할 수 있기 때문. 나는 옛날부터 책 읽는 것 자체를 싫어했지만 요즘은 한 달에 4권 이상의 책을 읽는 것을 보면 책 읽는 습관이 정말 중요하다는 생각이다. 독서도 결국 습관이다. 아무쪼록 나는 책을 읽으면서 좋은 문장들은 기록해두고 메모해두는 편이다. 실제로 많은 책을 읽었을 경우 책을 쓸 때 꺼내어 쓸 수 있는 소재들이 많아 꽤 편하다.

하지만 당장 책쓰기를 한다고 책을 많이 읽겠다는 것은 무의미하

고 평소 책을 읽지 않던 사람이 매일 같이 책을 읽는다는 것 자체
가 무리다.

이 외에도 책을 쓴다고 글쓰기 수업, 강의를 듣는다 한 들 글쓰기
실력 또한 빠른 속도로 확 늘어나지도 않을 것이다. 글쓰기 실력이
란 오랜 훈련과 독서, 사고 등을 바탕으로 서서히 늘기 시작하는
것이기 때문이다. 그렇다고 책쓰기를 무작정 미뤄둘 수는 없다. 나
역시도 글쓰기를 잘하는 것도 아니고 작가처럼 유창하게 쓰지는 못
하지만 책을 냈다.

작가가 되기 위해 관련 강의를 여럿 들었어도 이것을 결코 몸소
실행으로 옮기지 않는다면 그것은 죽은 지식에 불과하다. 사실 사
람마다의 핑계는 저마다 다양하다. 글쓰기를 못해서, 작가가 아니라
서, 다음에…. 인간은 자기합리화의 동물이기 때문이다. 하지만 두
려움 때문에 시도조차 하지 못하는 것만큼 안타까운 것도 없다. 나
도 했는데 당신이라고 왜 못하겠는가. 사실 나도 내가 책을 낼 것
이란 생각을 전혀 하지 못했기에 지금 다시 생각해봐도 놀랍긴 하
다.

당장에 책쓰기에 필요한 글쓰기 등 무기가 완벽히 갖춰지지 않았어도 일단 시작해보자. 내가 한 권의 책을 완성할 수 있었던 것을 돌이켜보면 그저 내 경험을 타겟 독자들에게 쉽게 전달해준다는 생각, 꾸준히 책쓰기를 실행했다는 것. 그것이 전부다. 특별한 것이 없다.

완벽하게 준비된 이후에 시작하려고 한다면 정작 아무것도 이룰 수 없다. 완벽하지 않더라도 일단 시작하고 그 이후에 보충을 하는 것이 더 낫다. 글쓰기가 두려워서, 작가가 아니라서 이런 핑계는 잠시 내려놓고 지금 당장 책쓰기를 실행해보는 건 어떨까.

연습만으로 충분히 좋아질 수 있는 글쓰기 노하우

사실 서두부터 글을 어떻게 써 나가야 할지 막막한 사람들이 많이 있을 것이다. 시중에 글쓰기 책들도 많이 나와 있고 노하우를 다룬 책들도 많은데 노하우를 알기만 하고 직접 써보지 않는다면 글쓰기 실력이 빠르게 좋아질 순 없다. 연습만으로 충분히 좋아질 수 있는 아래의 글쓰기 노하우를 오늘부터라도 실천해보면 어떨까. 나 역시도 아래 내용들을 꾸준히 실천하고 있다.

- 쉽게 쓸 것

초등학생에게 알려주듯 최대한 쉬운 용어로 타겟 독자에게 전달한다는 생각으로 글을 쓸 것

- 꾸준히 많이 쓸 것

책을 많이 읽는 것도 중요하지만 글쓰기를 잘하기 위해서는 책 읽는 것처럼 매일 10분이라도 글쓰기를 꾸준히 해야 한다. 나 같은 경우 글을 잘 쓰지는 못하지만 글쓰기 연습 겸 블로그 포스팅을 하루에도 1~2개 이상씩 12년째 꾸준히 하고 있다. 블로그가 아니더라도 감정일기 쓰기, 일기 쓰기, 감사일기 쓰기 등 어떤 것이라도 좋다. 매일 꾸준히 써보는 훈련을 하자.

- 좋은 글들은 필사해볼 것

좋아하는 작가나 마음에 드는 블로그 글을 정한 후 그것을 똑같이 필사해 보자. 처음엔 번거롭고 힘들고 무의미하다고 느낄 수 있겠지만 꾸준히 하다 보면 글의 구조와 문단, 문장, 어구 등을 분석해 볼 수 있고 글쓰기의 감각이 익혀지는 것을 느낄 수 있을 것이다.

책쓰기의 시작은 자료조사부터

사실 본인이 잘 알고 있는 분야라 할지라도 자료 조사 없이 책한 권을 집필하는 것에는 한계가 있다. 책쓰기 무료강의를 듣거나 관련 도서를 읽었을 때도 자료조사 과정이 중요하다는 부분은 익히 들어 알고 있었다. 아는 것과 실행하는 것은 또 다르다.

나도 '남자 그루밍' 관련 주제로 마음먹고 한 글자 한 글자 글을 써 내려가는 과정에서 막히는 부분이 꽤나 많았다. 내가 아무리 그 분야에 박학다식 하더라도 책의 컨셉이 정해졌다면 서점에서 관련 도서를 찾아 10권 이상 읽어 보길 바란다. 나뿐만 아니라 책을 쓰는 어떤 작가들도 모두 자료 조사의 과정을 거친다. 자료조사를 하라는 것이지 참고자료를 그대로 베껴 인용하라는 의미는 아니며 모은 자료들을 토대로 내가 알고 있던 지식과 의견, 경험들을 가미해 재 가공하는 작업을 거치라는 것이다.

 다시 한번 나를 예로 들자면 남자 그루밍 관련 도서는 사실 시중에 많이 나와 있지 않아서 텀블벅의 뷰티 관련 도서 상세페이지나 대략적인 목차나 내용들도 확인해보고 서점에 방문해 관련 뷰티 책, 그루밍 책을 읽어보았다. 필요한 책들은 중고 서점 혹은 인터넷 서점에서 구매해 읽으면서 공부를 하고 메모를 했다.

 처음에 책쓰기를 마음먹고 소재까지 정했는데 이 후 목차는 어떻게 구성해야 할지 고민이 많았다. 하지만 자료조사를 하는 과정에서 책을 대략적으로 어떻게 구성하면 좋을지 어떤 내용으로 써 내려가면 좋을지에 대한 그림이 그려져 감도 함께 잡을 수 있었다.

 대학교 전공책과 자료들을 다시 한번 정리해보고 기존에 블로그를 운영하면서 모아뒀던 메모들, 읽었던 책들을 참고해 책을 쓸 수 있었고 필요한 부분이 있으면 인터넷으로도 자료를 수집했다. 물론 모두가 그런 건 아니겠지만 인터넷 자료의 경우 출처가 불명확한 자료들이 있을 수 있고 정확한 정보를 담아낸 자료들이 많지 않을 수 있으므로 가급적 참고만 하되 신뢰가 좀 더 보장된 종이책을 참고하는 것을 추천한다. 비용과 시간이 허락된다면 온라인 강의를 듣고 그것을 재가공해서 활용하는 것도 책 쓰는데 많이 도움을 줄 것이다. 책쓰기를 하다 보면 내가 책을 쓰고자 하는 분야에 대해서 다시 한번 공부해 볼 수 있고 써 내려가는 과정에서 명쾌하게 정리가 되기 때문에 자신만의 책쓰기 꼭 시도해 보길 바란다.

책쓰기도 책쓰기지만 자료조사 과정이 책쓰기의 8할이라고 할 정도로 매우 중요하다. 비록 시간이야 오래 걸리겠지만 최대한 많은 책을 읽고 그 외 인터넷이나 논문자료 등을 추가로 서치하고 공부해 책쓰기의 기반을 마련해보자.

참고로 자료조사를 하면서 목차가 어느 정도 짜인 상태라면 클리어 파일에 챕터 별 혹은 목차 장 별로 참고할 만한 자료들을 넣어두자. 책 원고 초안을 작성할 때 많은 자료들 중에서도 찾기가 편하고 자료를 활용한 책쓰기도 수월하다. 참고 도서 같은 경우엔 인덱스 스티커 등으로 해당 목차의 챕터를 표기해두면 좋다.

책 제목의 중요성

 사람도 첫 인상이 중요하듯 책 역시 첫 인상으로 가장 먼저 눈에 들어오는 그 제목이 중요하다고 할 수 있다. 제목을 잘못 지어 실패한 책들도 새로 나오는 과정에서 제목을 바꿔 잘되는 사례들이 많은 것을 보면 그 중요성은 여러 번 이야기해도 지나치지 않을 것이다.

 얼마 전 인스타그램 책 광고를 통해 '언제까지 이따위로 살텐가?' 란 책을 본 적이 있었고, 책 제목이 궁금해서 구매까지 한 적이 있다. 책 제목이 임팩트 없고 기억이 나지 않을 정도로 단순했다면 그냥 지나쳤을 수도 있었겠지만 구매까지 한 것을 보면 임팩트 있고 기억에 잘 남을 만한 책 제목일수록 선택이 될 확률이 높아진다는 사실을 다시금 깨달을 수 있었다. 하지만 책 제목도 제목이지만 제목을 대표하는 알찬 내용을 담는 것은 기본 중의 기본이니 먼저 책 내용부터 충실하게 쓰려고 노력해보자.

사실 나의 첫 책 〈남자 그루밍 잘은 모르겠지만 잘생겨지고는 싶어〉는 〈남자 그루밍 입문 가이드〉란 제목으로 출판을 하려고 준비 중이었다가 마지막에 책 제목의 중요성을 알고 책의 내용을 대표하는 키워드, 어떤 사람이 읽으면 좋을지 등을 종합적으로 고려해 책 제목만 보고도 어떤 책인지 알게 끔 제목을 바꿔 출판한 케이스다. 책 제목 중 '남자 그루밍'은 책에서 전체적으로 다루고 있는 주제를 대표하고 있고 '잘생겨지고는 싶어'는 그 타겟이 잘생겨지고 싶은 남성임을 말해주고 있는 책 제목이다.

책 제목을 잘 짓기 위한 방법이 따로 있는 것은 아니다. 마케팅을 하면서 카피를 기획해 본 사람들이라면 창작의 고통이 어떤 것인지 잘 알고 있을 것이다. 물론 단숨에 기발하고 번뜩이는 책 제목이 생각나지는 않을 것이다. 책 제목을 지을 때 내 책의 핵심 키워드를 꺼내어보고 조합도 해보고 비틀어도 보고 여러 과정을 거쳐본다. 뿐만 아니라 서점에서 잘 나가는 베스트셀러 혹은 스테디셀러의 제목들을 한 번 둘러보고, 자신과 연관 있는 책의 카테고리 제목들을 일단 메모해 둔다. 시대별로 유행하는 책의 제목이 달라진다는 것을 염두에 두고 수시로 시장조사를 하고 책을 읽거나 광고를 볼 때도 인상 깊었던 광고 멘트 등을 기록해보면 책 제목을 짓는데 많은 도움이 될 것이다.

나는 책 제목을 짓는 과정에서 신문 헤드카피 라든지 인터넷 서점 혹은 오프라인 서점 내 책들을 하나하나 살펴보며 메모하고 내 책에 적용해보기 좋은 제목들을 위주로 키워드를 조합해보면서 힌트를 얻게 되었고 최종 제목을 짓게 되었다. 여러가지 네이밍을 떠올려보고 그 중에서 한 가지를 정한다는 것은 꽤나 힘든 과정이므로 관련 타겟 혹은 지인들을 통한 투표로 그 선호도를 파악해보며 피드백도 받아보면 더욱 좋은 책 제목을 지을 수 있을 것이라 생각한다.

제목에 모든 내용을 담기 힘들다면 표제를 달아보자. 참고로 내 책의 표제는 '남자 그루밍이 쉬워지는 책'이다.

아래는 최종 책 제목으로 선택된 〈남자 그루밍 잘은 모르겠지만 잘생겨지고는 싶어〉 이전의 후보 네이밍들이다. 참고해보기 바란다.

그까짓거 남자 그루밍 별거 아니었네 / 남자 그루밍 그까짓거 별거 아니었네 / 남자 그루밍 이렇게 쉬운거였어? / 그까짓거 남자 뷰티가 별거냐? / 남자 그루밍 이렇게 쉬운데 그래도 안할거야? / 남자 그루밍 1도 모르지만 잘생겨지고는 싶어 / 남자 그루밍은 모르지만 잘생겨지고 싶어 / 12년차 남자 뷰티 블로거가 알려주는 남자 그루밍의 모든 것 / 남자 그루밍 잘은 모르겠지만 잘생겨지고는 싶어

아울러 아래는 내가 생각하기에 좋다고 생각한 책 제목을 적은 것이다. 물론 내 기준에서 적어본 책 제목 리스트이기 때문에 참고용으로만 보기 바란다. 평소 베스트셀러, 스테디셀러를 전체적으로 살펴보고, 인스타그램 혹은 페이스북에서 도서 광고를 봤을 때 구매욕구가 드는 책 제목이 보인다면 기록해두자. 그곳에 힌트가 있다.

언제까지 이따위로 살텐가? / 1년 뒤 오늘을 마지막 날로 정해 두었습니다 / 나는 인생의 아주 기본적인 것부터 바꿔 보기로 했다 / 월급 외 수익 1000만원

좋은 책 제목의 조건

- 길이가 너무 길지도 짧지도 않은 제목

- 숫자를 사용한 책 제목

- 내 책의 핵심 키워드가 드러나는 제목

- 기억하기 쉬운 책 제목

- 살짝 비틀어 호기심과 강렬함을 줄 수 있는 제목

Q. 여기서 잠깐! 책 제목, 저작권 문제 없을까요?

A. 사실 책 제목을 보면 하나가 터지면 그 것을 패러디 형식으로 틀만 따서 책 제목을 활용하는 경우가 많습니다. 사실 저의 첫 책 〈남자 그루밍 잘은 모르겠지만 잘생겨지고는 싶어〉 역시 〈죽고 싶지만 떡볶이는 먹고 싶어〉처럼 그 당시 유행했던 '~하지만' 반어 형태의 책 제목을 변형시켜 적용한 형태이기도 하구요.

책 제목 저작권 관련 결론을 먼저 말씀드리면 책 제목은 완전히 똑같아도 저작권 문제가 발생하지 않는다는 것입니다. 책 제목은 저작권이 없으며 그 이유는 책 제목이 책 내용을 표시하는 역할을 하며 대체적으로 짧게 지어지기 때문입니다. 그렇다고 책 제목을 지나치게 따라한다면 소비자, 타겟층으로 하여금 신선한 느낌을 줄 수 없는 경우가 많으므로 가급적 내 책을 대표하는 제목을 계속해서 생각해보고 책 내용을 대표할 수 있는 눈에 띄는 책 제목을 지어보도록 노력해봅시다.

책 표지의 중요성

앞서 책 제목의 중요성에 대해서 설명했다. 하지만 여러분도 알다시피 책 제목이 아무리 기발하고 끌린다 하더라도 책 표지가 눈에 띄지 않는다면 그 책을 선택하지 않을 것이다. 선물을 생각해보면 쉽다. 우리가 누군가에게 선물을 줄 때 포장에 신경 쓰는 이유도 겉보기에 예뻐야 받는 사람으로 하여금 혹은 주는 사람으로 하여금 기분 좋게 선물을 주고 받을 수 있기 때문이다. '보기 좋은 떡이 먹기도 좋다'라는 속담도 있지 않은가. 음식의 경우도 일회용품 접시에 담는 것보다는 예쁜 접시에 담아야 더욱 맛있어 보이고 먹음직스러워 보이는 것과 같이 책에 있어 그 포장이라고 할 수 있는 표지 역시 중요하다고 할 수 있다.

책 제목을 잘 지어 놨는데 표지 디자인에서 다 까먹는 행위를 절대 하지 말기 바란다.

내가 선택한 자가출판 방식의 경우 책이 오프라인 서점이 아닌 온라인 서점에만 깔린다. 온라인에 깔린다 한들 책을 검색해보는 과정에서 가장 먼저 보이는 것이 제목과 표지 디자인이다. 아울러 오프라인에 책이 깔려도 수많은 책들 중 가장 먼저 독자의 선택을 받는 책도 표지 디자인이 세련되고 눈에 띄는 것들이 대부분이다. 제목에 이어 표지 디자인도 중요하다는 사실을 깨닫고 표지 디자인을 신중하게 고려해보면 어떨까.

기획출판의 경우 출판사에서 제목은 물론 표지도 함께 기획해줄 것이다. 앞서 이야기했듯 나는 자가출판이기 때문에 모든 과정을 스스로 해야만 했다. 자가출판 플랫폼인 부크크는 시스템 안에 작가 서비스라고 해서 비용을 주고 표지 디자인을 대행해주는 서비스가 있다. 이 외 자가출판 작가 서비스를 활용하지 않을 거라면 기타 크몽 사이트를 통해 직접 표지 디자인 제작의뢰를 맡길 수 있다.

본인이 직접 디자인을 할 수 없다면 외주에 맡겨 감각 있는 표지 디자인을 뽑아내는 것을 추천한다.

 외주를 맡긴다고 디자이너가 모두 잘 해줄 것이라는 생각보다는 내 책이니 만치 내가 어떤 표지를 원하는지 그 방향성이나 예시 등 소스, 동일 카테고리 표지 디자인 예시 등을 PPT나 파일로 만들어 전달해줘야 내 의도를 잘 반영한 감각적인 표지 디자인이 나올 수 있다.

 나의 경우를 예를 들면 자가출판 플랫폼 부크크 내 저자 서비스 '표지 디자인' 서비스를 비용을 주고 의뢰하였고, 디자이너가 3안까지 표지를 작업해서 전달해주면 그 안에서 최종적으로 마음에 드는 표지 디자인을 고르는 것으로 진행을 했다. 참고로 아래 첨부한 이미지처럼 내 표지 디자인의 1안~3안은 아래와 같았고 그 중 최종 표지 디자인으로 3안을 선택했다.

〈왼쪽부터 차례대로 1안~3안, 최종 선택 3안, 표지 디자인 : 엔베르겐〉

 아무리 표지 디자인 외주를 맡긴다고 한들 감각적인 표지 디자인이 나오기 위해서는 책을 출판하는 내 생각과 의도가 가장 우선이다.

 디자이너가 모든 걸 다 도맡아 잘 해 줄 것이라는 생각보다는 어떻게 표지를 구현하면 좋을지 상세한 예시나 자료를 전달한다면 감각적이고 눈에 띄는 표지를 만들 수 있을 것이다.

책 초안 원고는
한 달 내 모두 쓸 것

책을 쓰기로 마음을 먹고 컨셉까지 정해졌다면 이제 글을 써 내려갈 차례. 초안을 쓰기 이전에 목차를 먼저 만들고 그에 맞게 꾸준히 써 내려가면 된다. 목차를 짜는 것도 사실상 쉽지는 않다. 글의 전체적인 방향성을 잡는 단계이기 때문이다. 하지만 앞서 자료 조사 단계에서 본인이 쓸 책의 컨셉을 정했다면 관련 분야의 책을 10권 이상 읽어보자. 그 과정에서 대략적으로 어떻게 책을 구성해야 할지 그 방향이 보이기 시작하고 목차 만들기도 훨씬 수월해질 것이다.

사실 목차 별 글을 꼼꼼하게 쓰려고 하다 보면 글이 더 써지지 않는다.

원고 초안을 먼저 작성하고 그 이후에 퇴고 과정을 거치면서 수정하면 되기 때문 일단은 시간 나는 대로 틈틈이 목차에 맞는 원고 작성을 본격적으로 시작한다.

책쓰기 수업을 들을 때마다 강사님들께서 공통적으로 하는 이야기는 다음과 같다. "초안은 한 달 내로 모두 완성하는 것이 좋습니다" 처음엔 이 말이 이해가 가지 않았지만 원고 초안을 작성하는 과정에서 이 말을 돌이켜 생각해보니 무슨 말인지 잘 알 것만 같았다. 어떤 일이든 마감 기일을 정해 놓지 않으면 한없이 늘어지게 되고 미루고 미루다 결국 마지막엔 '나는 역시 할 수 없는 사람이었어' 라며 포기를 하는 경우가 많다. 그래서 초안을 쓸 땐 한 달 이내 모두 마무리 짓는 것을 목표로 해야 책쓰기를 끝까지 해낼 수 있다.

나는 첫 책을 쓸 때 초안 쓰는데 한 달, 내지 디자인, 퇴고 및 편집 과정이 한 달, 총 2달 정도가 걸렸었다. 참고로 자가출판의 경우 원고 작성이 끝이 아닌 내지 디자인, 표지 디자인 등 모두 스스로 해야 하기 때문에 최종 시간은 더 소요될 수 있다.

 책을 쓸 땐 목차에 맞는 자료들을 하나하나 표기해 놓고 그 자료들을 다 가져다 쓰는 것이 아니라 자신의 지식과 결합하여 재가공하여 작성하면 되므로 자료도 잘 정리해 놓으면 원고 작성이 더욱 수월해진다.

 목차도 대략적으로 짜 놓고 쓰면서 언제든 수정하는 것도 가능하니 일단 책쓰기 이전에 목차를 대략적으로 짜 놓고 그 방향을 잡고 시작하자. 방향이 있어야 내가 원고를 어떻게 작성해야 할지 눈에 보이기 때문이다. 우리는 그 목차에 맞춰 그저 꾸준하게 원고를 작성하면 된다.

 직장을 다니는데 어떻게 원고를 한 달 안에 쓸 수 있는지, 시간이 없다며 또 핑계를 대는 사람들이 분명 있을 것이다. 이럴 땐 퇴근 후 1시간이라도 꾸준히 쓰고 주말 시간을 이용해 쓰는 방법을 추천한다. 사실 직장인은 일을 마치고 오면 몸이 굉장히 피곤해 쉬고 싶을 때가 많다. 평일에 무리하게 글을 쓸 수 없다면 1시간만이라도 투자하겠다는 생각, 그리고 주말에는 평일보다 많은 시간을 할

애해 한 달 내 글을 모두 쓰겠다는 결심으로 끝까지 해내도록 한다. 그 결심마저 없다면 책쓰기는 계속해서 어떠한 핑계로 인해 할 수 없게 된다.

첫 시작은 힘들고 막막할 것이고 언제 이 원고를 다 완성하지 라며 현타가 오는 순간이 반드시 찾아올 것이다. 나도 그랬으니. 하지만 처음이 어렵지 계속해서 작성하다 보면 원고 작성이 즐거워지는 때가 분명 찾아온다. 내 경험을 누군가에게 전달해준다는 생각으로, 내 책이 실물로 나와 필요로 하는 누군가가 구매해서 읽어보는 과정들을 계속해서 상상해라. 그러면 책쓰기를 계속할 수 있는 원동력이 될 수 있을 것이다.

글이 잘 안 써지는 날에는 욕심을 내거나 무리하지 말아야 한다. 그 상태에서 글을 쓰면 시간 투자 대비 오히려 글이 잘 안 써질 확률이 높기 때문이다. 왜 운동도 피곤할 때 하면 오히려 효율이 나지 않기 때문에 휴식을 취하라고 하지 않는가. 글이 잘 안 써지는 날에는 억지로 쓰지 않아도 괜찮다. 탄력을 받아 글이 잘 써지는 때에 더 많은 시간을 투여해 작성하면 되기 때문이다. 슬럼프는 누구에게나 찾아올 수 있고 그것을 자신만의 방법으로 잘 극복하는 것이 책쓰기에 있어 중요하다.

 글이 잘 안 써질 때는 잠깐 산책을 하면서 바람을 쐰다 거나, 카페에 간다는 등 하다 보면 나도 모르게 머리 속에 문득 떠오르는 생각들이 있을 것이다. 이것들을 잘 메모해두고 원고 작성 시 참고해보자. 가장 중요한 건 꾸준함이므로 멘탈을 잘 부여잡고 꾸준히 원고를 작성해보자.

퇴고는 여러 번 꼼꼼하게

글의 초안을 모두 작성했다면 이제는 퇴고를 거쳐야 할 때. 책 초안을 일단 한 달내 모두 쓰고 퇴고를 거치는 과정에서 중복되는 표현들, 오타들이 은근 많이 발견된다. 사실 초안 작성도 초안 작성 대로 힘들지만 퇴고 과정은 퇴고 과정대로 더 많은 체력이 소모된 다. 나는 퇴고 과정에서 전체적인 글을 아마 10번 이상 읽어본 듯 하다(정말 정신이 나가는 줄 알았다). 페이지 수도 많고 텍스트도 많아 눈도 침침하지만 완벽한 원고를 위해 계속해서 수정하고 또 수정해 나가야한다.

출판사를 끼면 출판사에서 원고에 대한 수정 피드백을 어느 정도 줄테지만 내가 진행한 자가출판의 경우 모든 과정을 스스로 진행해야만 한다. 물론 기획출판과 비교하면 원고에 대한 자유도가 어느 정도 보장이 되어 있지만 그래도 오탈자가 최대한 없도록, 중복되는 표현 또한 최대한 없도록 여러 번 읽고 퇴고 과정을 거치자.

실제 여러 번 본 원고도 나중에 최종 책으로 나왔을 때 내가 보지 못했던 오탈자가 발견돼 당황스러웠는데 내가 이용한 자가출판 플랫폼 부크크의 경우 일정 비용만 주면 페이지가 변경되지 않는 선에서 오타 수정이 가능해 다행이도 그 이후에 추가로 오타 수정을 거칠 수 있었다. 가장 좋은 방법은 원고를 여러 번 보고 오타가 없도록 계속해서 수정해 나가는 것이다. 사실 내가 열심히 보고 검수했다고 한 들 완벽하게 오타가 발견되는 건 아니니까.

자가출판 플랫폼 부크크에서는 비용을 주고 최종 책으로 인쇄하기 전 소장용 책으로 가제본 도서를 비용을 주고 주문해서 받아볼 수 있다. 이 가제본 책을 실제 책처럼 읽어보고 최종 수정하는 과정을 거치면 원고 퇴고 시 많은 도움이 될 것이다. 자가출판을 이용할 것이라면 참고하길 바란다.

저자 소개 및
책 소개 자료 만들기

책을 만들기 전과 후 어느 단계든 상관없다. 나는 책이 완전히 완성된 이후 표지를 제작하는 단계에서 저자 소개 및 책 소개 자료를 만들었다. 저자 소개 및 책 소개 자료는 책 표지 날개에도 들어가고 책을 판매하는 온라인 사이트마다 들어가므로 사전에 제작해 두는 것이 좋다. 메모장에 미리 작성해 두고 필요한 곳에 복사해서 붙여넣기 해서 활용한다면 더욱 편할 것이다.

표지 디자인 외주를 맡길 때도 내 책이 어떤 책인지 나는 누구인지 사전에 전달해야 그에 맞는 표지를 제작할 수 있으므로 이 과정은 중요하다. 저자 소개는 책에 대한 저자의 신뢰를 드러낼 수 있는 프로필, 약력들을 가급적 적으면 좋겠지만 그것이 없다면 특별한 자신만의 스토리를 나열하는 식으로 작성하면 된다. 너무 큰 부담은 갖지 말 것. 책 소개의 경우에도 글을 읽었을 때 자신의 책이 어떤 책인지 파악할 수 있을 정도로 작성하면 된다.

예시로 내가 첫 책을 만들었을 당시의 저자 소개 및 책 소개자료를 첨부해본다. 참고가 되길 바란다.

저자 소개 예시1 : 저자만의 이력이 있을 경우
코덕남(화장품 덕질하는 남자)

700만 방문자가 다녀간 12년차 남성 뷰티 블로거이다. 사용해 본 화장품만 해도 1만여 가지 이상.

동시에 네이버 뷰스타, 네이버 뷰티 인플루언서로도 활동하고 있다. 피부 콤플렉스로 대인기피증을 앓던 중 군 시절 우연히 화장품에 관심을 가지기 시작했고 그로 인해 좋아지는 피부를 느끼며 대인기피증을 극복해낸다. 어쩌면 화장품 하나로 인생이 바뀐 케이스. 대학 전공도 화장품으로 바꾸면서 화장품회사에서 8년간 마케터로 일했고 12년 간 뷰티블로거로 활동하면서 깨우

치고 터득한 남성 그루밍 뷰티팁, 추천템을 책 한권에 모두 담았다. 세상 모든 남성들이 자신감 있고 멋있어지길 바라며 지속적으로 뷰티 콘텐츠를 확산하기 위해 노력하고 있다.

저자 소개 예시2 : 저자만의 이력이 없을 경우

회사에 다니는 평범한 직장인입니다. 대기업에 다녔을 때보다 작은 회사에 다니는 지금이 훨씬 행복합니다. 마음의 여유가 생긴 후 아빠와 친해지는 방법을 주제로 전자책을 만들었습니다. 이후 출판사에서 출간 제의를 받아 〈오늘부터 아빠랑 친해지고 싶어요〉 작가로 데뷔하게 되었습니다.

시간적 여유가 생기니 길을 걷다 '주민센터 강사 모집'공고가 눈에 들어왔습니다. 그렇게 저는 〈아빠랑 친해지기 프로젝트〉로 오랜 꿈이었던 강사가 되었습니다. 27살까지 영어 한마디 못하고 취업도 못했지만 보로로 영어판으로 회화를 시작했고 지금은 통역사로도 일하고 있습니다. 저는 정말 행복한 삶을 살고 있답니다. 독자 여러분께도 이 행복을 전해드릴게요!

〈출처〉 연이, 〈오늘부터 아빠랑 친해지고 싶어요〉, 티더블유아이지출판사(2021), 저자소개 인용

책 소개 예시

〈남자 그루밍 잘은 모르겠지만 잘생겨지고는 싶어〉

가꾸는 방법을 몰랐을 뿐, 가꾸면 당신도 충분히 멋있어질 수 있다. 머리부

터 발끝까지 남자들이 알아야 할 그루밍 팁&추천템

먼저 그루밍이란 패션과 미용에 아낌없이 투자하는 남자를 일컫는 말이다. 이제는 가꾸지 못하는 남성들이 도태되는 시대. 주변만 돌아보더라도 자신의 외모를 돋보이게 하기 위해 잘 관리하고 기본적인 메이크업을 한 남성은 너무나도 흔하게 찾아볼 수 있다. 즉, 성공의 기본은 자기 자신을 잘 가꾸는 것에서부터 시작하는 것!

극심한 피부 컴플렉스로 대인기피증까지 겪으며 자신감 없이 하루하루를 살아갔던 저자는 군 시절 우연히 화장품에 관심을 가지기 시작했고 그로 인해 좋아지는 피부는 물론 관리의 재미를 느끼며 12년째 뷰티 블로그를 운영하고 있다.

〈남자 그루밍 잘은 모르겠지만 잘생겨지고 싶어〉는 그루밍에 대해 어려워하고 잘 모르는 남성들의 니즈를 반영해 머리부터 발끝까지 남자 그루밍 팁은 물론 12년 동안 뷰티블로그를 운영하며 추천하고 싶은 추천 아이템까지 함께 담아내 화장품을 잘 모르는 남성 또한 추천템을 통해 가꾸는 재미를 느낄 수 있도록 하였다.

이 외에도 알아 두면 쓸데 있는 뷰티 정보 코너에서는 기타 남자 고민에 따른 관리 팁을 담았으며 저자처럼 남자 뷰티블로거로 화장품 협찬은 물론 소소한 용돈벌이를 하고 싶은 분들을 위해 특별 부록으로 블로그 운영 팁까지 함께 담았다.

평생 소장하며 꾸준히 자신을 가꾼다면 오늘보다 멋있는 나 자신을 발견할 수 있을 것이라 확신한다.

출판사에 원고 투고하기
(기획출판)

　나 같은 경우 자가출판 형태를 선택했기에 출판사 투고 과정 없이 나만의 스토리가 담긴 원고를 작성해 자가출판 플랫폼 사이트 부크크 내 직접 등록하는 형태로 출판을 진행했다. 기획출판은 독창적인 원고, 시장성을 반영한 원고를 선호한다. 하지만 여러 번 투고해서 실패를 하는 경우 혹은 본인이 생각하기에 시장성과 독창성이 떨어지고 책을 내는 내가 유명하지 않다고 판단되어 기획출판 자체를 두려워서 포기하는 경우가 있는데 이 경우에는 나와 같은 자가출판의 방법을 생각해 볼 수 있다. 자가출판 관련한 프로세스와 세부 내용은 특별 부록을 통해 보다 더 자세하게 이야기할 예정이니 참고 바란다. 기획출판에서 출판사에 원고를 투고하기 위해서는 출간제안서 작성이 필요하다. 출간제안서는 정해진 양식 틀은 없지만 보통 아래와 같은 내용이 들어가며 원고의 특징을 파악할 수 있을 정도로 작성하면 된다.

제목
저자 프로필
기획의도
타겟 독자층
출간 시기
예상 분량
목차
샘플원고

기획출판의 원고 투고 시 서점을 방문해 책의 끝 부분에 나와있는 출판사 투고 이메일을 통해 진행하거나 출판사 홈페이지를 통해 진행하는 방법이 있으니 참고하길 바란다. 출판사로 투고하는 원고는 한 두개가 아닐 것이다. 내 투고 이메일이 눈에 띄도록 그 제목과 내용을 정중히 예의 바르게 작성해보면 어떨까. 단, 원고를 투고할

시 출판사의 메일주소가 여러 개 뜨는 단체메일은 보내지 않도록
주의한다.

CHAPTER4

출판 이후
해야 할 일들

마케팅
홍보하기

서평단 운영

　신간도서를 출판하면 대부분 서평단을 모집하여 후기를 쌓는 작업을 진행한다. 나 같은 경우에도 광고를 보고 어떤 책을 구매하고자 할 때 별점과 후기를 우선적으로 보고 선택하곤 한다. 서평단을 모집할 땐 체험단 플랫폼을 이용하는 방법, 직접 섭외하는 방법 등 여러 가지 방법이 있다. 기획출판의 경우 마케팅을 출판사에서 대부분 진행해주지만 자비출판과 자가출판의 경우 직접 모든 마케팅을 해야 하는 경우가 많다. 예산이 넉넉하지 않다면 일단 지인을 활용하여 서평단을 모집해 후기를 쌓는다. 후기는 SNS후기와 동시에 인터넷 서점(교보문고, yes24, 알라딘 등)에 추가로 쌓는 것이 베스트다. 부크크 자가 출판 플랫폼을 예로 들면 책 등록 후 온라인 서점 입점 신청을 하면 yes24가 그래도 가장 빨리 입점이 될 것이다. 저자가 직접 책을 사비로 구매해야 하기 때문 교보문고, yes24, 알라딘을 분산해서 서평단을 운영하다 보면 그에 따른 비용 부담이 가중될 수 있다. 온라인 인터넷 서점 3곳에 균등히 체험단을 운영하기 보다는 대표 핵심채널 한 곳을 정해 그 곳에 후기를 집중해서 쌓는 방법으로 서평단을 운영해보면 비용 절감은 물론 효율 측면에서도 좋을 것이다.

지인을 통한 방식 외 인터넷을 통해 서평을 주로 하는 일반 블로거 혹은 도서 인플루언서를 쪽지나 이메일을 통해 섭외하는 방법이 있다. 비용을 요구하는 사람도 물론 있지만 정중하게 요청할 경우 무상으로 책만 받고 진행해주는 블로거들도 은근 많다. 단, 일일이 섭외를 진행하다 보니 시간과 노력이 많이 들어가는 부분은 감안해야 한다.

다음으로 생각해 볼 수 있는 건 체험단 플랫폼을 이용하는 방법이 있을 수 있다. 체험단 플랫폼 중 그래도 도서 카테고리가 활성화된

곳은 '레뷰' 라는 플랫폼으로 비용은 다소 있지만 여유가 된다면 체험단 플랫폼을 이용해서 서평단을 이용해 볼 수 있다. 레뷰는 인플루언서 체험단과 일반 체험단으로 나뉘어 운영이 되는데 일반 체험단은 2022년 8월 기준 1인 3만원의 비용으로 진행이 가능하니 참고하기 바란다(인플루언서 체험단의 경우 1인 5만원의 비용으로 기억하지만 자세한 건 사이트에 문의해보자).

〈이미지출처〉 레뷰, 체험단 사이트 레뷰 도서 체험단 모집 이미지

지인을 활용하는 방법, 블로거를 직접 섭외하는 방법, 체험단 사이트를 통해 홍보하는 방법 외 도서 전문 리뷰 카페에서 서평단을 모집해 운영하는 방법도 있다. 내가 대표적으로 활동하는 카페 링크를 첨부하니 자세한 견적은 카페에 문의해보고 여유가 된다면 진행해보기 바란다.

리앤프리 책카페 https://cafe.naver.com/fbhansem

북카페 책과 콩나무 https://cafe.naver.com/booknbeanstalk

하늘빛 도서 리뷰 어스 https://cafe.naver.com/skybluebookreviews

SNS 운영 및 인스타그램 광고 집행

나는 자가출판의 방식으로 책을 출판했기에 비용 부담을 최대한 줄인 선에서 마케팅과 홍보를 해야 했다. 그래서 만들게 된 것이 인스타그램과 블로그였다. 인스타그램과 블로그는 컨텐츠를 올릴 때 별도의 비용이 들지 않으면서 도서를 홍보할 수 있다는 장점은 있으나 초기에 채널을 만들 경우 노출이라든지 유입이 잘 되지 않는다는 단점이 있다. 그래도 책 제목으로 검색해 보는 사람들이 있을 수 있으므로 책과 관련된 상세 페이지라든지, 구매 방법, 기타 QnA 등을 정리해서 블로그나 인스타그램에 꾸준히 업로드했다.

참고로 블로그를 활용한다고 했을 시 책에 대한 상세한 정보를 담은 페이지를 하나 제작해두고 인스타그램 광고 집행 시 블로그 링크를 연동시켜 구매로 연결 짓는 방법이 있고, 자신의 블로그 글을 운영하는 카카오뷰라든지 페이스북 등의 채널로 보내는 방법이 있을 수 있다. 나는 12년째 운영 중인 블로그가 있고 때 마치 첫 책이 뷰티 관련 도서였기 때문에 뷰티 제품 홍보 포스팅을 할 때 하단에 '남자가 멋있어지는 그루밍 책 구경가기'라고 하면서 내 책 yes24 구매 링크를 가끔씩 넣어주고 있다.

블로그는 그래도 꾸준히만 한다면 노출면에서 유리하지만 인스타그램은 홍보 컨텐츠를 잘 제작해 비용을 들여 타겟팅 광고를 진행해야 유입이 많이 일어날 수 있으므로 예산의 여유가 된다면 인스타그램 타겟팅 광고를 진행해보면 어떨까.

나의 경우 서평단 모집 시 인스타그램 광고를 돌렸다. 인스타그램에 광고 없이 컨텐츠만 올렸을 때 책 홍보 컨텐츠를 해시태그로 검색하지 않는 한 유입 자체가 되지 않았는데 타겟팅 광고를 돌려보니 타겟팅 한 많은 사람들이 유입되고 서평단 신청도 은근 많이 들어왔다. 인스타그램 광고를 돌릴 때 예산이 적다면 타겟도 좁게 가져가는 것이 유입면에서 효율적이다. 투입 예산은 적은데 여기 저기 도달하기 위해 넓은 타겟으로 광고를 돌리면 이도 저도 아닌 광고가 될 확률이 크므로 이 부분은 특히 유의하자.

단순히 SNS에 책 홍보 글만 올리게 된다면 사람들이 광고성 컨텐츠로 인식해 유입이 안 될 확률이 크다. 책과 관련된 정보 중 그들에게 도움이 될 만한 정보를 카드뉴스 형태로 만들어 함께 제공해주고 마지막 장에 책 컨텐츠를 홍보하는 방식으로 진행하면 더 효과적이다. 즉, 컨텐츠 제작 시 타겟 유저들에게 필요한 정보들이 무엇인지를 먼저 고려해 컨텐츠를 만드는 것이 좋지 온통 책 내용으로 광고처럼 도배를 하면 안 된다는 이야기.

인스타그램을 통해 광고를 돌린다고 했을 때 인스타그램 책 광고 중 인상 깊었던 광고 컨텐츠들을 계속해서 캡쳐해 모아 놓고 참고해보자. 책 광고 외 화장품, 기타 식품, 식음료 광고들도 수시로 캡쳐해 다양하게 모아두면 소재를 만드는데 도움이 될 것이다. 나는 인스타그램 컨텐츠 제작 시 보통 대형 출판사 인스타그램 광고 혹은 컨텐츠를 보며 아이디어를 얻었다. 컨텐츠를 만들 때 책과 관련된 유익한 정보를 주는 카드 뉴스, 서평단 모집 이벤트, 책 후기 모음 컨텐츠 등 만들 수 있는 것들은 다양하다. 포토샵을 하지 못한다면 미리캔버스를 이용하면 누구든 쉽게 디자인이 가능하다.

SNS에 꾸준히 글을 올리고 사람을 모은다는 건 힘든 일일 수 있다. 매일은 아니더라도 1주일에 1번 정도 꾸준히 컨텐츠를 업로드하거나 인스타그램에 활용한 컨텐츠를 블로그에도 활용하고, 블로그에 활용한 컨텐츠를 인스타그램에 활용하는 등 시간을 최대한 절약할 수 있는 나만의 효율적인 방법을 찾아내 보자.

인스타그램의 경우 광고 컨텐츠로 A/B 테스트(광고 소재를 만들 때 두가지 소재를 제작해 한 집단엔 기존 컨텐츠를 보여주고, 다른 집단엔 새로운 컨텐츠를 보여주면서 어느 컨텐츠가 더 높은 효율을 보이는지 측정하는 테스트 방법)를 하면 좋으니 고객에게 도움이 되는 정보를 담으면서 자극적이거나 임팩트 있는 카피를 담은 2가지 이상의 소재를 제작해 적절한 비용으로 광고를 돌리면서 내 책을 보다 효과적으로 홍보해보기 바란다.

꾸준히 업로드를 해보고 본인에게 더 맞거나 효율적인 채널이 있다면 그 채널만 집중적으로 운영해보는 것도 하나의 방법이 될 수 있다. 일단 블로그, 인스타그램 내 컨텐츠를 꾸준히 올려보고 판단하자.

인스타그램은 운영해 보면 알겠지만 프로필 내 한 가지 링크만을 삽입하도록 되어 있다. 하지만 아래 툴을 활용하면 한 가지 링크 내 다양한 링크의 삽입이 가능하므로 필요에 따라 활용해보기 바란다(ex. 책 블로그 구경가기, 서평단 신청하기, yes24에서 도서 구매하기, 교보문고에서 도서 구매하기, EBOOK 구매하기 등).

인스타그램 프로필 내 링크 삽입 시 활용하면 용이한 툴

** 인스타그램 내 링크는 하나만 삽입할 수 있으나 아래 툴 활용 시 한 링크 내 다양한 링크의 삽입이 가능함. 인포크링크 혹은 보라, 링크트리 툴을 활용해 책 판매 사이트, 서평단 진행 시 서평단 링크 등 다양하게 삽입해서 운영해 보길 바란다.

인포크 링크 https://link.inpock.co.kr

보라 https://vo.la

링크트리 https://linktr.ee

YES24에서 도서 구매하기

도서 블로그 구경하러 가기

〈출처〉 인포크 링크, 인포크 링크 적용한 예시 이미지

기타 유료 홍보 채널

아래의 유료 홍보 채널은 단순히 참고용으로 알아 두면 좋을 것 같아 넣어두었다. 자가출판, 자비출판으로 책을 출판할 경우 아래 유료 홍보 채널을 활용하기에는 많은 부담이 될 것이다. 그래도 유료 홍보 채널을 알아 두고 필요에 따라 활용해보면 좋을 것 같아 소개한다.

신간도서 언론 릴리즈 출판 전문 홍보 업체

북피알미디어 https://www.bookprmedia.com

여산통신 https://www.ypress.co.kr

도서홍보플랫폼 청년서가 https://bit.ly/3PI1s6Z

E-BOOK
전자책 제작

부크크를 이용해 자가출판을 한 내 종이책 최종 가격은 22,000원이었다. 자가출판 플랫폼은 책의 형태(컬러, 흑백, 페이지수 등)에 따라 가격이 천차만별로 매겨지는 부분이 없지 않아 있다. 그 형태에 따라 시스템이 가격을 최소로 정해주는 것이지 내가 임의로 정할 수 있는 것은 아니다. 아무쪼록 책 가격 경쟁률만 보더라도 종이책 가격이 22,000원은 내가 생각해도 저렴한 편은 아니었다.

자가출판이라도 부크크에서 책을 출판하면 한 달 내 오프라인은 아니더라도 온라인 서점에 입점 등록을 해준다. yes24, 교보, 알라던 등. 그 외 11번가나 쿠팡 등에도 말이다. 그래서 다양한 제휴처 및 온라인 서점에 내 책이 깔리는데 아무래도 자가출판의 경우 홍보/마케팅을 진행하지 않으면 책이 잘 팔리지 않는다.

종이책 가격도 비쌌고 팔리지 않을 경우를 대비해 나는 E-BOOK 전자책 플랫폼 '유페이퍼'를 통해서 종이책을 PDF 형태로 파일을 만들어 종이책 보다 저렴한 가격인 16,000원에 등록했고 현재 종이책 외 온라인 서점을 통해 전자책 또한 함께 유통이 되고 있다.

여기서 왜 부크크 플랫폼에서 이북을 내지 않고 유페이퍼를 이용했냐고 궁금해할 분들이 계실 것 같아 이야기하자면 부크크는 종이책과 달리 플랫폼 내 전자책을 만들어 판매하더라도 부크크 서점 내에서만 판매가 된다. 즉 외부 서점으로의 확장이 어렵다. 하지만 유페이퍼는 이북을 제작해 등록 후 입점 진행 시 대형 온라인 대형 서점에 입점을 시켜준다. 즉, 종이책 자가출판 및 대형 온라인 서점 유통은 부크크, 전자책 대형 온라인 서점 유통은 유페이퍼를 이용하면 된다.

기획출판을 이용할 경우 이 모든 과정은 출판사와 협의해 진행할 수 있지만 자가출판의 경우 종이책 제작 외 E-BOOK 플랫폼을 통해 전자책을 제작하여 최대한 다양한 형태의 책이 여러 유통 채널에서 팔릴 수 있도록 하는 것이 좋다. 마케팅 예산이 없다면 제휴 채널에 깔리는 것만으로도 하나의 마케팅이 될 수 있기 때문이다.

종이책은 9~15% 선에서 인세가 주어진다면 전자책은 60~70% 정도의 인세를 받을 수 있으니 인세 측면에서도 전자책 등록을 권한다. 단, PDF 파일로 변환해서 올리는 건 간단하지만 언제든 공유가 될 수 있다는 단점이 있으니 시간이 걸리더라도 공유가 되지 않으면서 이북리더기를 통해 열람이 가능한 EPUB 형태로 파일을 변환해 전자책 업로드를 권한다. 올려만 놓고 있음에도 은근 내 전자책이 수시로 팔리는 짜릿한 경험을 할 수 있다.

> **Q. 살짝 헷갈리는데 다시 한 번 정리해주세요!**
>
> **자가출판 플랫폼 부크크 : 종이책 제작, 전자책 제작 모두 가능.**
> 종이책의 경우 부크크 외 외부 채널 입점 신청을 하면 부크크 자체에서 한 달 내 온라인 대형 서점에 입점. 단, EBOOK 전자책의 경우 만들어도 외부 유통은 진행하지 않으며 부크크 내에서만 판매할 수 있음.

전자책 출판 플랫폼 유페이퍼 : 종이책이 아닌 전자책 E-BOOK만 제작이 가능하며 ISBN 발급 비용 및 기타 비용을 부담하면 빠른 승인과 외부 유통 채널 입점을 진행해 줌.

요약하면 부크크에서는 종이책을 기본적으로 출판할 수 있고, E-BOOK 출판으로 판매 루틴을 늘리고 싶을 경우 부크크 내에서도 E-BOOK 만들어 등록해 부크크 내에서만 판매, 종이책 말고 전자책이 좀 더 많은 유통 채널에 깔리길 원할 경우 부크크 외에도 유페이퍼 동시 활용할 것을 추천. 정답은 없으며 종이책만 팔리길 원할 경우엔 종이책만 등록, 이북까지 등록해 여러 채널에서 내 책이 홍보되길 바라며 수입원을 누려보고 싶다면 이북까지 만들어 등록. 각자의 전략에 따라 진행하면 되니 참고하길 바람.

형태를 변환하여 노하우 공략집 전자책으로 등록

요즘은 전자책 시장이 갈수록 성장하고 있는 추세다. 이는 종이책도 종이책이지만 사람들이 자신이 필요한 핵심 노하우만을 공략집 형태로 직접적으로 빠르게 습득할 수 있는 전자책을 선호하면서 성장하고 있다고 볼 수 있다. 나 같은 경우도 저자의 몇 년 노하우를 모아 놓은 전자책을 10만원 이상 주고 구매한 적이 정말 많다.

사실 위에서 언급한 종이책을 그대로 PDF 파일로 변환하는 것은 손이 가지 않으면서 가장 편한 방법이긴 하다. 여기에 더 제안하고 싶은 방식은 크몽이나 탈잉, 패스트캠퍼스 등의 플랫폼 전자책 E-BOOK 카테고리를 노려보는 것이다. 종이책으로 제작된 파일을 살짝 변환하여 쓸데없는 내용은 다 잘라낸 공략집을 PDF 전자책으로 재가공해 해당 플랫폼에 올려 놓으면 판매가 일어날 수 있을 것이다.

크몽, 탈잉, 패스트캠퍼스에 업로드 할 노하우 공략집의 경우 상세 페이지라든지 카피를 좀 더 자극적으로 만들어 등록해 판매한다면 종이책, 전자책 외 해당 플랫폼을 통한 추가적인 수입을 노려볼 수 있을 것이다.

자가출판 플랫폼 이용해
내 책 출판하기

자가출판 플랫폼 이용해
나만의 책 만들기

사실 책을 쓰고 출판하는 과정을 일반인은 절대 할 수 없는 것이라 생각했었다. 출판 관련 강의를 듣고 책을 읽었을 때도 말이다. 어디에도 자가출판에 대해서 다루는 내용이 없었고 그 누구도 나에게 자가출판의 길이 있다는 것을 알려주지 않았기에 더더욱 알 수 없었던 것이 사실. 이에 책 출판의 진입 장벽이 높은 것이라 여겼고 몇 년째 버킷리스트로 남아있던 책쓰기는 몇 년이 지나도록 지워지지 않은 채 계속 그대로 남아 있었다.

하지만 이전에 우연히 검색을 통해 자가출판 플랫폼이 있다 라는 사실을 알게 되었고 그 사이트를 보면서 생각했다. '아 나도 나만의 스토리나 노하우를 담은 원고만 있다면 자가출판 플랫폼을 통해 책을 낼 수 있겠구나' 그 이후에 용기를 얻고 컨셉, 자료조사, 초안작성 등의 과정을 거쳐 최종적으로 나만의 책을 낼 수 있게 되었다.

내가 책을 냈다고 하면 주변에서 신기한지 많이들 묻는다. "책 내는데 몇 천만원 드는 거 아니었어요?" "출판사에 원고 투고해서 채택된 건가요?" 등. 이는 기획출판의 형태는 잘 알고 있어도 자가출판 시스템을 생각보다 많이 모른다는 말과도 같다. 기획출판은 시장성을 반영한 잘 써진 원고, 작가의 인지도 등이 어느 정도 갖춰줘야 채택이 될 확률이 높아진다. 하지만 이런 조건을 갖췄다 하더라도 출판사의 성격 상 거절당할 수 있기도 하다. 그렇다고 책을 내고 싶은데 채택이 될 때까지 무작정 기다릴 수만도 없고 기획출판에만 의지할 수도 없는 상황 아닌가.

내가 자가출판을 계속해서 추천하는 이유는 A부터 Z까지 나 스스로 모든 것을 컨트롤해야 해서 손은 많이 가지만 진입장벽이 낮고 그 속에서 배우는 것들도 많기 때문이다.

요즘은 기획출판을 거치지 않고 자신의 버킷리스트를 이루고 자신을 브랜딩을 위해 자비, 자가출판의 형태로도 책을 많이 출판하고 있다. 이는 무조건 기획출판이 답이 아니라는 것. 자가출판만으로도 충분히 작가가 될 수 있다 라고 보면 된다.

자비출판은 출판 전 과정에 있어 내 돈이 투입되고 잘 팔리지 않는다면 재고를 떠 안을 수 있다는 부담감도 있지만 자가출판은 POD라고 해서 주문이 들어왔을 때 인쇄가 되는 방식으로 배송 과정은 7일 정도 소요되지만 재고를 떠안지 않아도 된다는 장점이 있다.

이 외 자비출판과 비교했을 때 비용이 거의 들지 않는다. 내가 부크크 플랫폼을 활용했기에 부크크 시스템을 예로 들면 부크크는 자신의 역량에 따라 0원에 책을 낼 수도 있다. 나 같은 경우 디자인에 문외한이라 표지 디자인만 부크크 내 작가 서비스를 이용해서 33만원이란 비용이 들었지만 본인이 표지 디자인과 내지 편집도 잘 할 수 있다면 드는 비용 없이 누구나 책을 낼 수 있는 시스템이다. 단, 책을 내는데 정말 많은 노력과 수고가 든다는 점. 하지만 이 과정을 통해서 출판 관련 한 사이클을 돌며 배울 수 있고 이미

책을 한 번 내 본 경험을 살려 두 번째는 용이하게 진행할 수 있다.

신기하게도 책을 한 번 내고 끝낼 줄 알았던 내가 첫 번째 책을 낸 경험을 바탕으로 일반인들도 책을 낼 수 있는 방법과 관련된 두 번째 책을 쓰고 있다니 그저 놀라울 따름이다. 이렇듯 직접 경험해 보는 것은 정말 중요하다. 즉, 나만의 스토리가 있고 그것을 원고로 완벽하게 작성했다면 기획출판보다 진입 장벽이 낮은 자가출판 플랫폼을 이용해보는 것은 어떨까.

자가출판 플랫폼(with 부크크)

자가출판 플랫폼은 검색해보면 많은 곳이 나오지만 대표적으로 내가 활용한 부크크를 예를 들어 설명할 예정이다. 실제 작가의 꿈을 가지고 있는 많은 일반인들이 부크크를 통해 책을 출판하고 있으며 부크크 서점 내에서도 많은 책들이 판매가 되고 있다.

현 시점 기준(22년 9월 21일) 승인 도서 25,802건, 제작 중인 도서 29,588권, 활동중인 작가 21,497명, 등록된 전자책 4,091건으로 집계되는 것을 보면 부크크 시스템을 이용해 많은 사람들이 책을 내고 있다는 것을 알 수 있다. 일반인들이 어떤 소재들로 책을 내는지 궁금하다면 부크크 내 서점을 방문해 책들의 목차나 책 소개를 보며 그 감을 익혀 보기 바란다.

부크크 활용한 자가출판 프로세스

CHAPTER2에서 언급한 프로세스보다 부크크 활용한 자가출판 프로세스를 좀 더 구체화해서 적어보자면 다음과 같으니 참고해보기 바란다.

> 콘셉 확정 - 자료 조사 - 목차 작성 - 초안 작성 - 원고 수정/퇴고 - 내지 디자인 - 부크크 내 샘플 도서 신청(비용 자가 부담) - 샘플 도서 확인 후 최종 수정 - 표지 디자인 - 최종 업로드 - 도서 승인 - 부크크 내 서점 판매 - 신청 단계에서 외부 제휴 입점 신청 시 1~2달 내 온라인 서점 순차적 입점 - 마케팅/홍보

콘셉 확정~원고 수정/퇴고까지 모두 거쳤다는 가정하에 프로세스를 상세하게 설명할 예정이다.

내지 디자인

최종 수정된 원고가 나오면 내지 디자인을 해야 한다. 시중에 유통되는 책들을 보면 표지만큼 내지 디자인도 센스 있게 잘 구성이 되어 있는 것을 확인할 수 있을 것이다. 그 당시 나는 자가출판 플랫폼을 이용했는데 자가출판 진행 시 인디자인으로 작업하는 것이 내지가 가장 깔끔하고 예쁘겠지만 인디자인을 다룰 줄 몰랐던 나는 부크크에서 제공되는 워드파일로 일일이 내지 편집을 진행했다. 물론 부크크 플랫폼 내 내지 디자인 작가서비스를 이용하면 좋았겠지만 장 당으로 비용이 환산되어 몇 백만원이라는 비용이 발생해 그냥 워드로 깔끔하게 작업했다. 인디자인을 다룰 줄 아는 경우 인디자인 프로그램을 통해 책 내지를 예쁘게 꾸미고 다룰 줄 모를 경우엔 부크크에서 제공하는 워드 파일로 내지 디자인을 진행하면 된다.

부크크 '책 만들기' 메뉴 클릭 후 '책 형태 선택' 단계에서 스크롤을 쭉 내리면 우측 하단에 '원고서식 다운로드'를 눌러 다운 받으면 다양한 크기의 서식이 제공된다. 책 규격은 46판, A5, B5, A4 형태가 있는데 문제지 잡지가 아닌 일반 도서의 경우 A5로 책을 출판하는 경우가 많다. 내지 디자인을 워드로 작업할 시 본문크기는 9~11pt, 폰트는 무료 배포 폰트인 KoPub바탕체, KoPub돋움체를 추천하며 가독성이 좋게 내지를 편집하는 것이 좋으므로 문단을 나누고, 줄 간격도 넓게 구성해보자. 빽빽하게 글자만 있으면 눈의 피로도가 가중되고 책을 끝까지 읽기 어려울 수 있으므로 그 부분을 고려해서 내지를 편집해보면 어떨까.

이 외 다른 폰트를 사용하고자 한다면 출판용 상업용으로 사용할 수 있는지 체크해야 저작권으로부터 자유로울 수 있으니 참고하길 바란다.

마지막으로 메뉴 중에 '종이샘플 신청'을 누르면 책 재질을 미리 선택하는데 도움을 주니 샘플을 무료로 신청해보고 내 책에 적합한 내지를 골라보도록 하자.

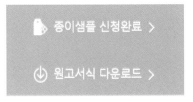

〈출처〉 부크크 '책 만들기'내 종이샘플 신청, 원고서식 다운로드 버튼

〈부크크에서 종이샘플을 신청하면 위와 같은 샘플이 무료로 우편배송 된다〉

내지 디자인 작업 시 주의 사항

1. 머리말 꼬리말 적용 확인

 머리말, 꼬리말 잘 알고 있었는데 막상 워드로 작업할 때 잘 적용되지 않고 꼬이는 경우도 많다. 머리말 꼬리말 적용이 잘 되어 있는지 챕터 별로 꼬이진 않았는지 여러 번 확인하고 체크해보도록 한다. 머리말, 꼬리말이 꼬이게 되면 부크크로부터 원고 검수 반려가 날 수 있으므로 꼼꼼히 확인해보자.

2. 저작권 체크

 부크크 내에서는 무료 폰트인 KoPub 바탕체, KoPub 돋움체를 추천하고 있고 나도 내지 작업 시 해당 폰트로 작업했다. 글꼴 폰트를 다운로드 받아 활용할 때 '상업용 무료폰트'로 사용 가능한지 체크하고 활용해보자.

3. 가독성

빽빽하게 글로만 채워져 있는 것보다는 어느 정도 문단을 나누고, 줄 간격을 넓게 하고 글꼴도 크게 만들어주면 가독성이 좀 더 좋아질 수 있다. 여러 가지 책들도 참고해보고 적용해보면서 최대한 가독성이 좋은 내지 디자인을 해보도록 하자. 참고로 나는 핵심 제목의 폰트 크기는 11~12, 기타 본문 폰트 크기는 10, 줄간격은 1.6배로 지정해서 작업했다.

저작권 상 첫 번째 책에 많은 이미지를 넣을 수 없어 아쉬웠는데 그림 및 이미지를 넣을 수 있는 것들은 직접 그리거나 혹은 사진을 직접 찍거나 저작권이 없는 상업용 이미지로 적재적소 배치해보는 것도 좋다.

4. 페이지 체크

〈첫 책 작업 당시 부크크 원고서식 활용한 내지 디자인 중인 페이지 일부〉

부크크에서 양식을 다운받아 내지 디자인을 한다고 가정했을 때 눈으로 보이는 방향이 책으로 그대로 찍혀 나오는 것이 아님에 유의하자(위 첨부 이미지 참고). 즉, 양식 상 왼쪽에 있는 페이지는 책으로 나올 때 오른쪽에 배치, 양식 상 오른쪽 페이지는 책으로 나올 때 왼쪽에 배치된다(위 페이지를 예를 들어 설명하면 CHAPTER1 내지가 책으로 볼 때 우측에 배치, 좌측 내지가 그 다음 장 왼쪽에 배치). 눈에 보이는 대로 작업을 하지 말고 양식상 왼쪽에 있는 페이지가 책으로 인쇄될 때는 오른쪽으로 오고, 양식상 오른쪽에 있는 페이지가 책으로 나올 때 다음 장의 왼쪽에 배치된다는 것을 어림짐작 계산하여 책 내지를 구성한다. 이것이 아래에서도 책 최종판을 찍어 내기 전 샘플 도서를 미리 신청해서 한 번더 보라고 하는 이유이다. 내가 의도한 대로 책 페이지가 제대로배치되었는지를 샘플 책으로 미리 보고 반드시 파악해보자.

샘플 도서 신청

실물 책이 최종 제작되기 이 전 표지디자인은 완벽하지 않아도 내지 디자인까지 완벽하게 작업된 도서를 샘플로 받아보는 것을 권장한다. 책이 어떤 느낌으로 인쇄가 되는지 인쇄 방향은 맞는지, 머리말 꼬리말은 잘 적용되어 있는지를 확인해 볼 수 있기 때문이다.

샘플 도서 신청 시 시스템 상 원고를 업로드 후 '02 원고 등록'단계에서 도서 제작 목적을 소장용으로 선택하면 샘플 도서를 제작해서 받아볼 수 있다. 물론 샘플 도서 신청 비용은 본인 부담이다.

샘플 도서는 내지 디자인을 보고 오탈자를 다시 한번 검수하기 위한 목적으로 받아보는 것이므로 표지 디자인은 셀프로 대충 디자인해서 신청하고 나면 7일 정도 후에 배송이 된다(여럿 이야기했듯자가출판은 POD 시스템으로 주문이 들어간 이후 인쇄가 되는 시스템으로 미리 재고를 보유하고 있는 도서와는 달리 배송기일이 7일 정도 소요된다). 그 이후 실제 책을 한 번 더 펼쳐보고 최종 퇴고 단계를 거치면 된다. 이 때도 은근 오탈자 등이 많이 발견될 수 있으니 꼼꼼히 보고 최종책을 시스템 내 등록하기 바란다.

표지 디자인/내지디자인 서비스

부크크의 장점은 부크크 내 작가 서비스를 제공한다는 점이다. 물론 유료이긴 해도 부크크 내 작업을 여럿 해보신 전문가 분들이 계셔서 혼자 진행할 수 없는 부분은 비용을 들여 진행할 수 있다. 고급 표지 디자인, 내지 디자인, 교정, 교열 등 다양한 서비스를 필요한대로 이용해보고 본인이 직접 할 수 있다면 비용 절감도 할 겸 직접 작업해본다. 하지만 책에 있어 가장 중요한 것이 위에서도 언급했듯 표지와 제목이다. 셀프로 제작하면 퀄리티가 떨어질 수 있으므로 출판 트랜드를 잘 이해하고 그에 맞춰 표지 디자인을 할 수 있는 디자이너를 찾아 외주를 주는 방법으로 진행해보면 어떨까(괜히 돈 아낀다고 직접 작업하거나 무료 표지를 이용할 경우 최종 결과물이 마음에 들지 않을 수 있기 때문).

표지 디자인은 크몽 플랫폼을 이용하면 가격이 조금 저렴한 대신 퀄리티가 떨어질 수가 있어 부크크 내 서비스를 이용하는 것을 추천한다. 실제 부크크와 계약된 디자이너의 경우 무엇보다 부크크 시스템에 대해서 잘 알고 있고 피드백도 빨라 서비스를 직접 이용해 본 나로서 추천하는 바이다. 단, 표지 디자인이나 내지 디자인을 작업할 때 자신의 의도를 명확하게 전달하는 것이 필수다. 다시 한번 강조한다.

샘플북 최종 검수 후 최종 업로드

샘플북 최종 검수 후엔 최종 원고를 업로드 하면 되고 이 때 준비된 표지 디자인도 함께 업로드하면 된다. 도서 제작 목적은 부크크 내에서만 판매할 경우 '일반 판매용'을 선택해주면 되고, 부크크 외 다양한 채널에서도 내 책을 유통하고 싶다면 'ISBN 발부 책 판매용'을 클릭하면 된다. 원고와 표지까지 최종으로 등록하면 가격 정책을 통해 제휴 채널에서 판매할 경우, 부크크 내에서 판매할 경우 인세가 어느 정도인지 미리 알 수 있다. 참고로 부크크 내에서 판매가 일어날 경우 외부 온라인 서점보다 인세가 높다.

기타 부크크 책 만드는 법 관련 상세가이드는 아래 링크를 통해 더 자세하게 확인할 수 있으니 지금 당장 책을 출판할 계획은 없더라도 시스템을 보면서 감을 잡아보자.

https://bit.ly/3APC8rL

.

자가출판 플랫폼 부크크
QnA

자가출판 플랫폼 부크크를 이용하다 보면 궁금한 점이 많이 발생할 것이다. 나 역시도 그랬기 때문. 그래서 초기 이용 시 수많은 질문들을 쏟아냈다. 아마 많은 질문을 쏟아냈기에 담당자분들도 나를 기억하리라 생각한다.

그래서 부크크에서 출판을 거치면서 궁금해할 법한 내용들을 아래와 같이 정리해보았으니 부크크 플랫폼을 통해 자가출판을 진행하는 분들에게 많은 도움이 되었으면 한다.

Q. 저자님 책 기준 인세가 어느 정도였나요?

A. 저의 첫 책은 종이책 기준 정가 22,000원 외부 유통 채널 (yes24, 알라딘, 교보)에서 판매될 경우 2,020원이 부크크 내에서 판매될 경우 3,130원이 인세로 책정되어 있습니다. 유통 채널에 따라 약 9~14%로 보시면 될 것 같습니다. 전자책 같은 경우엔 대략 60~70% 정도이며 부크크와 유페이퍼 그리고 유페이퍼 내에서도 외부 유통 채널마다 상이한 점 참고해주세요.

Q. 부크크 내 책 가격이 너무 비싸게 책정됩니다. 판매가를 낮출 수 있는 방법이 있나요?

A. 저도 첫 책을 제작할 때 가격이 생각 외로 비싸게 책정되어 놀랐던 적이 있습니다. 책 가격은 페이지수가 늘어날수록, 표지디자인에 날개가 있을 경우, 흑백이 아닌 컬러로 인쇄할 경우 등등의 조건에 따라 가격이 올라갈 수 있습니다. 이 부분을 고려하여 책 제작에 참고하시면 됩니다.

Q. 부크크 채널 외 제휴 채널에 전체적으로 깔리는 소요시간이 궁금해요?

A. 부크크에서 ISBN 발부 책 판매용으로 도서 제작 목적을 클릭해

주면 그 이후 온라인 서점(교보,yes24,알라딘 등)에 입점이 진행됩니다. 단, 표지 제작 시 무료표지로 진행된 경우에만 부크크 사이트 내에서 저자 본인 구매 포함 10부 이상 판매된 내역이 있다면 외부 유통 신청이 가능합니다. 그 외 겉 표지 날개 유무와 관계없이 외부 유통이 가능하며 직접 제작한 표지, 작가 서비스 내 판매되는 표지 상품 구매하여 진행되는 경우에는 판매내역이 없이도 외부 유통 신청이 가능한 점 참고해주세요. 부크크에서는 외부 유통 업무를 한 달에 1~2회만 처리하고 있고 판매등록 신청 후 각사이트까지 등록되기 까지는 2주~최대 2달까지 소요가 된다고 보시면 됩니다.

참고로 원래 쿠팡에서 로켓배송 차 모든 작가의 책을 2권씩 구매해서 비치했다가 빠른 배송이 되었다고 하는데 현재는 계약 종료로 쿠팡 측에서 2권을 구매하지 않고 주문이 들어오는 대로 인쇄 후 배송이 되는 POD 방식으로 진행된다고 하니 참고해주세요.

Q. 부크크에서 원고 수정은 어떻게 진행할 수 있나요?

A. 부크크 시스템은 다행이도 원고를 수정할 수 있는 시스템이 있어요. 사이트 내 상단 배너를 보시면 월별 원고파일 수정 교체일이

나와 있으며 월에 2회 정도 원고 수정을 진행합니다. 원고 파일 교체비는 책 한 권당 5천원이며 종이책 외 전자책도 수정한다면 10,000원을 결제해야 합니다. 결제 후 교체하려는 파일을 업로드해주면 부크크 내에서는 원고 교체일 이후에 바로 교체가 되며 제휴 채널에 따라서는 교체 시간이 조금 소요될 수 있는 점 참고해주세요. 단, 페이지수 변동이 없는 미미한 수정 정도여야만 합니다.

Q. 부크크 내 작가가 책을 구매해도 인세가 들어오나요?

A. 부크크 내 작가 아이디로 책을 구매 시 인세가 들어오지 않으며 대신 인세를 제외한 금액으로 할인 받아 책을 구매할 수 있습니다.

Q. 자가출판 플랫폼 부크크에서 책을 낼 시 샘플 책은 제공하지 않나요?

A. 아무래도 자가출판 플랫폼이다 보니 기획출판과는 달리 저자에게 무상으로 보내주는 책은 없습니다. 샘플 책이 필요하거나 지인에게 나눠줄 책, 서평단에 쓸 책이 필요하다면 직접 개인 사비로 구매해야 하며 POD 방식으로 배송까지 7일이 걸릴 수 있으므로 이 배송 시일 확인하여 직접 사비로 주문하시면 됩니다.

Q. 제휴 채널 내 작가가 책을 구매해도 인세가 들어오나요?

A. 인터넷 대형 서점 yes24, 알라딘, 교보에서 내 아이디로 책을 구매하게 되면 권 별 인세가 들어옵니다. 부크크의 경우 작가가 구매하면 인세가 들어오지 않고 할인된 금액으로 책을 구매할 수 있고, 외부 유통 채널에서 작가가 구매 시 인세를 받을 수 있는 점 참고해주세요.

Q. 부크크 내 도서 판매 내역도 확인이 가능한가요?

A. 부크크 내 메뉴인 '판매관리' 창을 보면 책이 어느 정도 판매가 되었는지 확인이 가능합니다. 단 실시간으로 반영이 되는 것이 아니며 예스24, 알라딘의 경우 주문 발생한 다음 영업일 오전 10시 부크크 사이트 내 반영되며 사이트마다의 반영 시일은 다를 수 있는 점 참고해주세요.

Q. 부크크 내 수익이 어느 정도 있어야 인출이 가능한가요?

A. 부크크 내 도서 판매 수익이 10,000원 이상 적립이 된 이후 자동으로 정산이 됩니다.

Q. 부크크 내에서 책을 출판한다고 했을 때 최소 페이지 규정이

있나요?

A. 부크크 내 서식을 통해 편집한 원고 기준 최소 50페이지 이상 작성된 파일만 진행이 가능합니다.

기타 QnA

Q. 온라인 인터넷 서점 Yes24에 판매지수는 무엇인가요?

★★★★★ **9.7** ∨ │ 회원리뷰(19건) │ 판매지수 714 ? │ 베스트 ▶ 다이어트/미용 top20 1주

〈출처〉Yes24, Yes24 책 우측에 보시면 판매지수가 보입니다

A. Yes24에 제 책이 입점되어 수시로 변하는 판매지수 기준이 뭔지 굉장히 궁금했거든요. 어떤 분은 판매지수가 팔린 권 수를 뜻하는 것으로 알고 있기도 하더라구요. Yes24 판매지수는 Yes24에서 집계하는 판매실적 수치로 상품의 누적 판매분과 최근 6개월 판매분에 대한 수량과 주문 간에 종합적인 가중치를 주어 집계하는 수치라고 보시면 됩니다.

예를 들어 두 개의 상품이 같은 기간 똑같이 100권이 팔렸다면 1명이 1건의 주문에서 100권을 산 상품보다 100명이 각기 100건의 주문을 통해 100권을 산 상품의 판매지수가 더 높게 나타나게 된

다고 합니다. 이는 한 명이 여러 권의 책을 구매하는 것보다는 여러 인원이 각각 한 권의 책을 샀을 때 그 지수가 더욱 높아진다고 이해하시면 됩니다. 즉, 저자가 셀프로 여러 권의 책을 구매하는 것보다는 여러 명이 각각 책을 사는 것이 판매지수를 올리는데 좋겠죠.

 그런데 가끔 검색 시 판매지수대로 정렬이 되지 않고 얼마 판매가 되지 않았고 판매지수가 낮은 책이 상위에 뜨는 경우도 있는데 이 이유를 궁금해하실 분들도 계실 거예요. 구매자 입장에선 신경도 안 썼을 테지만 직접 책을 쓰고 내 책이 입점이 되었을 땐 신경 써서 순위와 판매지수를 보시게 될 테니 미리 알아 두시면 좋겠죠.

 이는 검색결과의 인기순 정렬은 판매지수가 아닌 별도의 정렬 방법을 이용하고 있으며 판매지수보다는 최근 판매량이 많은 상품을 우선적으로 보여주고 있는 부분이라고 해요. 저 같은 경우에도 책 판매지수가 올랐다가 갑자기 떨어지는 것을 확인했는데 이게 수시로 변동이 되는 것 같더라구요. 여러분이 이제 책을 정식으로 출판하게 되면 작가가 되고 이러한 수치에도 집중하게 될 텐데 이를 통해 궁금증이 어느 정도 해결되길 바랍니다.

Q. 책 쓸 때 참고하면 좋을 자료가 있나요?

A. 사실 책쓰기 관련된 책을 읽어보거나 무료로 진행되는 강의를 들어보면 대부분 같은 내용들이 많이 반복될 거예요. 많은 책들을 읽어보고 강의도 들어보면 좋겠지만 가장 중요한 건 직접 써보는 것입니다. 제가 책을 쓰면서 참고하기 좋았던 자료를 하나 소개해 드리면 다음과 같아요. 책을 쓰거나 내지 디자인을 할 때도 참고해 보시기 바랍니다. 예약 구매로 진행은 되고 있지만 수시로 예약이 풀려 판매가 되더라구요.

Foldable Ideas 바로 쓰는 북디자인 템플릿 286개와 올인원 가이드북

https://smartstore.naver.com/foldableideas/products/5614699710

포토샵 없이
책 상세페이지 만드는 방법

부크크를 통해 자가출판을 진행했다고 해서 모든 게 끝나는 것은 아니다. 그 이후에 책을 판매하기 위한 활동으로 오히려 더 바빠진다. 기획출판이 아닌 자가출판은 책이 출판되고 난 이후가 더 바쁘다. 책을 판매하기 위한 마케팅/홍보 활동을 해야 하기 때문. 물론 기획출판이든 자비출판이든 출판사와 저자가 같이 홍보 마케팅 활동을 하면 베스트. 예산이 많이 있다면 쉽게 홍보를 할 수 있겠지만 예산이 여의치 않을 경우 할 수 있는 활동들은 기본적으로 해두는 것이 좋다. 앞서 말했듯 한 달 이후 온라인 서점에 들어갔을 때 지인을 통한 서평단 모집 및 리뷰 누적, SNS 운영 등 말이다.

나는 책이 외부 온라인 서점에 입점 되기 전 네이버 블로그에 책의 상세소개를 담은 포스팅을 작성하고 인스타그램으로 광고를 돌려 해당 링크를 연동시켰다. 하지만 가격이 비싸서인지, 저자의 인지도가 없어서 인지 사람들이 유입은 되어도 구매는 잘 하지 않더라. 무엇이 문제일까 고민하던 중 대부분 텍스트로만 이루어진 상세페이지는 가독성이 떨어진다고 판단하여 외부 유통 채널에 활용하면서 동시에 내 블로그에도 업로드할 도서 상세페이지를 만들어보면 어떨까 란 생각을 하게 되었다.

나는 포토샵을 전혀 다룰 줄 모른다. 하지만 포토샵도 할 줄 모르는 내가 도서 상세페이지를 만들 수 있었던 건 바로 무료 디자인 플랫폼인 미리캔버스가 있었기 때문. 이 미리캔버스를 잘 다룰 줄 알면 도서 상세페이지는 물론 SNS에 올릴 컨텐츠, 카드뉴스까지 제작이 가능하니 이번 기회에 미리캔버스와 친해져보자.

상세페이지 만들기 프로세스

대형 온라인 서점에서 내 책 컨셉과 유사한 책들을 검색하여 상세페이지 캡쳐/수집-나의 상세페이지를 어떻게 구성할지 기획-A4용지나 메모장에 서론/본론/결론 내용 적어보기-미리캔버스로 상세페이지 작업-블로그 및 대형 온라인 서점 내 상세페이지 전달(부크크 자가출판 플랫폼을 이용한다면 고객센터에 나와 있는 메일을 이용해 담당자에게 전달하면 yes24와 알라딘에 상세페이지를 전달해줘 바로 적용 가능)

상세페이지에 꼭 있으면 좋을 내용들

상세페이지를 구성할 때 꼭 있으면 좋을 내용들로 저자의 권위와 전문성을 알려줄 수 있는 프로필, 도서 소개, 왜 이 책을 읽어야 하는지, 독자 후기, 간단한 목차 소개 등이 있다. 아래는 내가 당시 상세페이지를 구성할 때의 기획 구성안이다.

서론 이 책을 왜 사야 하는지에 대한 당위성 전달

'대인 기피증으로 자신감이 없던 저자가 화장품을 알고 나서 인생이 바뀌다, 피부 전후 사진'

본론 저자 소개(전문성을 부여하기 위한 화장품 관련 경력과 이력 삽입)+실구매자 리뷰(도서를 구매한 사람들의 리뷰를 모아 언급)

결론 책 내용 및 목차 안내

상세페이지 사이즈

온라인 서점에서 마음에 드는 상세페이지를 찾았다면 마우스 오른쪽 버튼을 클릭하여 다른 이름으로 사진 저장-저장한 이미지를 열어 마우스 오른쪽 버튼 클릭-파일속성 클릭-자세히 를 클릭하면 상세페이지 크기를 확인할 수 있다. 미리캔버스는 사진 사이즈도 내가 지정할 수 있으므로 가로 세로 사이즈를 참고하여 넣고 작업하면 된다. 단, 경쟁 도서의 상세페이지는 여러 페이지를 참고만 하되 그대로 담지 말고 어떤 툴을 사용했고 어떤 내용이 들어가 있는지 만을 참고하여 제작하기 바란다.

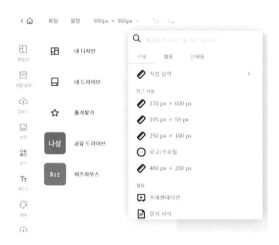

〈출처〉 미리캔버스

미리캔버스 접속 후 상단 설정 옆 px이 기재되어 있는 부분을 누르면 사이즈를 직접 입력할 수 있는 '직접 입력' 버튼이 있다. 그 버튼을 누르고 상세페이지 사이즈를 기재해 미리캔버스에서 디자인 작업을 하면 된다.

온라인 서점에서 책을 볼 때 상세 페이지가 텍스트로만 구성되어 있었다면 온라인 특성상 이탈률도 컸겠지만 상세페이지를 만들어 적용하니 훨씬 가독성도 좋아지고 집중도 잘되더라. 기획출판이 아닌 자가출판을 한 사람들이라면 미리캔버스를 활용하여 책의 장점을 어필하고 저자의 전문성을 알려줄 수 있는 친절한 상세페이지를 만들어 적용해 보면 어떨까.

작업 완료 후 상세페이지 다운로드

미리 캔버스에서 상세페이지 작업을 모두 마쳤다면 저장 시 '다운로드-인쇄용-jpg'로 다운 받으면 고화질로 상세페이지를 다운 받을 수 있으니 참고하기 바란다.

포토샵 없이
책 배경 이미지 제거하는 법

1) removebg 사이트 활용

앞서 나는 포토샵을 하지 못한다고 이야기했다. 그래서 정작 필요한 누끼(원본 이미지의 피사체로부터 배경을 분리하기 위해 피사체의 외곽선을 따는 것)였는데 어떻게 따야 할지 막막하더라. 이때는 다음의 사이트를 이용해보면 어떨까.

https://www.remove.bg/ko

책 사진을 깔끔한 배경에서 찍어 해당 사이트를 통해 이미지를 드

래그해서 업로드하면 정말 빠르게 깔끔하게 누끼 이미지가 따진다. 단, 가입 시 1회만 고화질 누끼를 무료로 제공하고 그 이후에 는 저화질 다운만 가능하다.

고화질의 누끼를 추가적으로 따고 싶다면 패키지를 구매해서 사용 해야 하는 점 참고하기 바란다. 그래도 책 누끼 이미지를 하나 따 두면 인스타그램이나 블로그 운영 시 유용하게 활용할 수 있으니 활용해보고 더 필요하면 추가 결제를 해서도 활용해보자.

2) 파워포인트 활용

디자인을 기획할 때 파워포인트도 많이 활용했지만 지저분한 배 경에서는 깔끔하게 따지지 않는다는 단점은 있다. 파워포인트를 활 용하고 싶다면 누끼를 따고자 하는 이미지를 업로드 후 더블클릭을 해 그림서식-배경제거를 활용해 누끼를 따는 방법이 있으니 참고하 길 바란다.

네이버 인물검색
프로필 사진 1분만에 만드는 법

책을 출판한 당신은 이제 작가의 자격으로 네이버 인물 검색 셀프 등록을 할 수 있다. 나 역시도 책을 낸 작가로서 그리고 네이버 인플루언서 온라인 컨텐츠 창작자로서 인물 검색 등록을 완료하였고 네이버에 검색해보면 반영이 되어 노출되고 있는 것을 확인할 수 있다. 네이버 인물검색 셀프 등록하는 절차는 정말 간단하다.

하지만 인물검색 등록 시 가장 고민이 되었던 것이 바로 프로필 사진. 물론 인물검색 등록을 하더라도 사진 및 기타 정보들은 수시로 수정이 가능하지만 기왕에 등록할 거 예쁜 사진으로 등록하고 싶었다. 프로필 사진을 다시 찍어야 하나 생각이 들 정도로 마음에 드는 프로필 사진이 없었고 마음에 드는 사진은 지저분한 배경 때문에 업로드하기가 어려웠다. 이럴 때 활용할 수 있는 나만의 팁을 공개하니 사진관에서 비싼 돈 주고 프로필 사진 찍지 말고 직접 활용해 보길 바란다.

다운 받을 어플 : Background Eraser, meitu

해당 어플을 설치했다면 Background 어플을 먼저 열어준다. 그 이후 '+생성' 버튼을 누르고 배경은 있지만 마음에 드는 내 사진을 업로드 한다. 누끼가 따진 내 이미지의 사이즈를 손으로 당겨 조절해주고 상단 체크 표시를 눌러주면 다음 단계로 배경을 선택할 수 있다. 단색 배경으로 지정해주면 나만의 프로필 사진이 깔끔하게 완성된다. 단색 배경은 여러가지가 있으므로 자신의 이미지와 맞는 배경색으로 설정해주면 된다.

단, Background Eraser 어플을 통해 누끼를 딴 이미지에서 얼굴을 조금 더 보정하고 싶을 경우 일단 누끼 사진을 저장하고 'meitu' 어플을 열어 누끼 사진을 불러온 후 얼굴 보정을 해준다. 그 다음 meitu에서 보정한 이미지를 다운 받아 Background

Eraser 어플에 보정된 누끼 이미지를 다시 업로드 후 배경을 적용해 다운 받으면 보정되어 더 예쁜 나만의 프로필 사진 이미지를 만들 수 있으니 참고해보자.

〈출처〉Background Eraser/Meitu 어플 다운로드 이미지

책쓰기 이것만 기억하세요!

앞서 이야기한 내 경험 및 노하우를 바탕으로 책쓰기를 한다면 한결 수월하리라 생각한다. 그래도 마지막으로 기억했으면 하는 내용들만 따로 정리해 보려고 한다. 위에서 언급한 내용들은 물론 책쓰기를 할 때 꼭 알아 두었으면 하는 아래의 내용들을 잘 기억해 책쓰기에 도전해보기 바란다.

1. 시간 나는 틈틈이 책을 읽어라.

나는 원래 책을 전혀 읽지 않는 사람이었다. 하지만 책읽기가 습관이 되고 난 이후부터 미래가 불안하고 현재가 힘들 때면 주변 지인들보다는 책에 더 의지했던 것 같다. 1~2만원으로 저자의 삶의 지혜와 노하우를 배울 수 있는 것으로 책만큼 좋은 것도 없는 것 같다. 책쓰기를 할 때 역시 어떤 문장이나 책 내용을 막상 인용하고 싶어도 직접 읽고 기록하지 않으면 떠올리기 어렵기 때문에 책을 읽음과 동시에 늘 메모하는 습관을 들이는 것이 좋다.

 요즘은 한 달에 2~3권 이상의 책을 읽을 정도로 책 읽는 것이 습관이 되었다. 결국 책 읽는 것도 습관이다. 책을 읽게 되면 사고력이 확장됨은 물론 책쓰기를 할 때도 책을 어떤 방식으로 써야할 지 대략적으로 그 감이 잡히기도 한다.

 당장 한 달에 1권의 책 읽기도 힘들다는 생각이 든다면 언제 어디서든 귀로 들으며 책을 읽을 수 있는 오디오북을 이용하거나 하루에 2~3장이라도 책을 읽고 그 분량을 계속해서 늘려 나가는 습관부터 들이도록 하자. 요즘은 무거운 종이책을 들고 다니지 않아도 언제 어디서든 책을 읽을 수 있는 이북리더기들도 많다. 이북리더기 안에 다양한 책들을 다운받아 언제든 간편하게 책을 읽을 수 있으니 본인에게 적합한 방법으로 책 읽는 습관부터 들여 보기 바란다.

아울러 책을 다 읽고 나면 그대로 덮지 말고 내가 실천해야만 하는 것들, 감명 깊었던 문구, 보고 느낀 점들을 글로 남기는 것 또한 절대 잊지 말 것!

2. 다양한 경험을 해봐라.

다양한 경험을 해보라는 것은 다양한 경험을 할수록 책쓰기를 할 때 소재도 풍성해질 뿐 아니라 나만의 스토리 폭이 늘어날 수 있기 때문이다. 아울러 다양한 경험을 하면 할수록 나 자신을 소개할 때 누군가에게 해 줄 이야기도 많을 뿐 더러 경험을 통해 배워 나가는 것도 많을 것이다.

나 같은 경우 대인기피증을 극복한 사례, 블로그로 월 300만원 이상을 벌었던 사례, 3시간씩 자면서 회사에서 인턴과 알바를 병행했던 사례, 꼭 하고 싶었던 대외활동을 실패를 거듭하고 4번째 도전에 합격하게 된 사례 등의 다양한 경험이 있고 이 외에도 여러가지 경험들이 떠오른다. 다양한 경험이 있으면 책쓰기를 할 때 자신의 경험을 녹일 때도, 소재를 찾는 데에도 많은 도움이 될 수 있다.

머리로 알고 있는 것과 실제로 해보는 것은 분명 다르다. 일반인인 내가 첫 책을 출판하고 지금 그 소재로 두 번째 책을 작성하고 있는 것만 보더라도 경험을 해본다는 것은 정말 중요하다. 한 살이라도 어릴 때 그리고 젊을 때 보다 다양한 경험을 해보도록 하자. 아울러 이러한 경험은 책쓰기 뿐 아니라 자신이 어떤 걸 잘하고 흥미 있어 하는지도 알 수 있게끔 만들어준다.

3. 모든 것을 기록/메모하라.

기록/메모의 중요성은 아무리 강조해도 지나치지 않는다. 이전엔 기록의 중요성을 잘 몰라 기록하지 않았다면 최근 그 중요성을 알고 노션이나 스마트폰에 그 때 그 때 생각난 아이디어, 경험한 것들, 강의 들은 내용들, 강의 듣고 실천한 내용 혹은 시행 착오들을 하나 하나 모두 기록해 둔다. 책쓰기를 하면서 기록의 중요성을 더욱 잘 알 수 있게 되었다. 이렇게 기록을 해 둔 아이디어는 언제 어디서든 큰 빛을 발휘할 때가 분명히 온다.

어떤 강의에서는 강사 본인의 일거수일투족이 전부 기록된 '노션'이 해킹을 당해 사라진다면 자신은 한강에서 뛰어내리겠다 라고 말을 할 정도로 기록이 가진 힘은 대단하다.

특히 책쓰기를 마음먹고 글을 쓰기 시작한 이후부터 외출을 하거나 산책을 갈 때 소재와 관련된 아이디어들이 은연 중에 계속 떠올라 그것들을 생각만으로 끝내지 않고 그 때 그 때 스마트폰에 기록해 뒀다. 그리고는 책 원고를 수정하고 보강하는 과정을 거치곤 했다. 만약 내가 생각나는 아이디어들을 기록하지 않고 그냥 생각하는 것으로 끝냈다면 그저 죽은 아이디어에 불과했을 것이고 다시는 생각조차 하지 못했을 것이다.

늦지 않았다. 오늘부터 기록/메모의 중요성을 알고, 자신의 스마트폰 혹은 노션 등에 경험, 시행착오들을 모두 기록해보자.

4. 매일매일 써보자.

글을 잘 쓰지 못하더라도 책을 많이 읽고 계속해서 쓰고 생각하는 과정을 거치다 보면 어느 순간 글이 술술 써지는 것을 발견할 수 있을 것이다. 내가 아무리 바쁘고 힘들어도 꾸준히 하는 것이 바로 블로그 포스팅과 필사다.

블로그는 현재 12년째 쭉 운영하고 있고 이것도 나름의 글쓰기 연습이라 생각하고 매일매일 포스팅하고 있다. 블로그를 처음 시작할 때는 하나의 글을 작성할 때도 2시간은 넘게 걸렸지만 계속해서 하다 보니 속도가 붙더라. 이제는 최소 15분에서 20분 정도의 시간으로 1개의 포스팅을 완성한다. 이렇듯 힘들어도 매일매일 써보려는 습관을 갖는 것은 중요하다. 비단 책쓰기만의 문제는 아니고 자신의 생각과 경험, 노하우를 조리 있게 글로 표현하는 능력은 언제 어디서나 중요하기 때문에 매일매일 써보는 습관을 가져보도록 하자.

필사 같은 경우에도 이게 무슨 도움이 될지, 힘들고 귀찮기만 하다고 생각할 수 있겠지만 내가 좋아하는 작가의 글 혹은 블로그의 좋은 글을 발견하고 그것을 꾸준히 필사하는 과정에서 글의 구조나 문장을 어떻게 쓰고 배치해야 할지를 느낄 수 있으니 무엇이든 조금씩 오래 습관처럼 지속하길 바란다.

자청은 성공의 비법으로 많이 읽고, 많이 쓰고, 많이 생각하는 것을 꼽았고, 최근에 알게 된 네블스쿨 대표이사이기도 한 곤팀장은 자신의 전자책에서 글을 잘 쓰고 싶으면 잘 써진 블로그 글을 자신의 블로그에 여러 번 따라 필사해보라고 할 정도로 직접 써보는 것, 필사해보는 것이 글쓰기에 있어 중요함은 두 말할 것도 없다.

5. 두려움을 없애고 자신감을 가져라.

'하고 싶은 것은 많지만 내가 과연 그것을 할 수 있을까?' '그건 특별한 사람만이 할 수 있는 거 아니야?' 라고 생각하는 사람들이 정말 많다. 하지만 그런 생각부터 바로잡아야 무엇이든 이룰 수 있다. 나 자신의 능력을 한정 짓지 말자. 두려움을 없애고 자신감을 갖자. 요즘은 특별한 사람, 인플루언서만이 책을 내는 세상이 아니다. 누군가에게 들려줄 자신만의 스토리가 있다면 누구든지 책을 낼 수 있다. 다른 사람이 쓴 책을 읽는 것도 물론 좋겠지만 나만의 책을 직접 써보고 그것을 평생 남기는 것도 멋진 꿈이 될 수 있다. 그래서 나도 항상 내 책을 갖고 싶다, 내 책을 내고 싶다는 생각을 했었던 것 같다. 물론 책을 내기 전 까지만 하더라도 책을 낸다는 것은 유명인, 기업가, 인플루언서만 할 수 있다고 생각했기에 시도조차 하지 않았었다. 출판 관련 무료 강의를 여럿 듣고, 책쓰기 관련 책을 여러 권 읽어 봤지만 정작 나는 그대로였다. 사람들이 아무리 자기계발서를 읽어도 성공하지 못하는 이유는 그것을 읽는 것으로 자기 위안을 삼고 정작 행동하고 실행하는 것은 없기 때문이라고 한다. 뿐만 아니라 끌어당김의 법칙이라고 해서 목표를 몇 백 번씩 적고 그것을 계속해서 생각하고 눈에 보이는 곳에 붙여 두어도 정작 이뤄낸 것이 하나도 없는 건 목표를 글로만 쓰고 생각만 했지 아무런 실행을 하지 않았을 확률이 크다고 한다.

두려움은 모든 것을 실행할 수 없게끔 만든다. 아울러 '이 책을 누가 살까?' '내 책 별점 테러 나는 건 아닐까?'라는 두려움 때문에 책을 내지 못하는 사람도 물론 있을 것이다. 하지만 미래는 예측할 수 없는 것이다. 그런 걱정을 할 시간에 차라리 하나라도 더 해보는 게 낫다. 해보지도 않고 할 수 없다 생각만 하는 것과 직접 해보고 이건 내 길이 아니다 라고 생각하는 건 천지차이다. 그러니 두려움을 없애자. 자신감을 가지고 나만의 책을 써보도록 하자. 내가 했 듯 당신도 할 수 있다.

6. 기획출판의 방법만 있는 것이 아니다.
자비/자가출판의 방법도 있다는 것을 기억하라.

간혹 인터넷에서 기획출판이 아닌 자비출판 혹은 자가출판은 비추한다는 내용을 많이 접하곤 한다. 하지만 요즘엔 자비출판 혹은 자가출판의 방법으로 성공하는 사람들도 많고, 기획출판을 한다고 해서 책이 꼭 잘 나가는 것도 아니기 때문에 여러 출판 방법으로 출판을 시도하는 사람들이 많다. 누누이 말했듯 자기에게 맞는 방법이 있을 뿐 정답은 없다. 출판의 방법도 기획출판의 방법만 있는 것이 아니라 자비출판, 자가출판의 방법도 있다.

내 주변 사람들은 내가 책을 냈다고 하면 신기하게 바라보면서 다음과 같이 이야기한다. "어떤 출판사랑 계약했냐", "샘플도서 좀 달라", "책 내는데 몇 천 만원 든 거 아니냐" 등. 이는 책을 직접 내보지 않았으니 모를 수밖에 없는 것이 당연하다. 하지만 대부분 사람들이 출판의 방법으로 기획출판만 있는 것으로 알고 있고 그것이 책을 냄에 있어 주춤하게 만드는 하나의 요인이 될 수 있다고 생각했다. 내가 이 책을 쓰게 된 이유 중 하나도 출판의 방법이 기획출판 외 자비, 자가출판의 방법이 있다는 것을 알려주고 싶었고 누군가에게 들려줄 자신만의 스토리가 있다면 누구나 작가가 될 수 있다 라는 사실을 깨닫게 해주고 싶었던 게 가장 크다.

기획출판의 방법만을 고집하지 마라. 기획출판을 하기 위해 원고를 썼다 하더라도 출판사마다 성향이 달라 내 글이 채택되리라는 보장도 없다. 그렇다고 열심히 쓴 글을 그대로 묵혀 두기엔 아깝지 않은가. 차라리 자비출판 혹은 자가출판의 방식을 선택해 자신의 손으로 한 권의 책을 직접 만들어보고 출판 사이클을 한 바퀴 돌아봐라. 생각보다 재밌다. 지금이 아니면 언제 또 이 경험을 해보겠는가.

자가출판의 방법을 알고 난 이후 나는 또 다시 두 번째 책을 쓰고 있고 그 이후에는 세 번째 책을 쓸 계획이다. 이렇듯 나만의 이야기가 세상에 널리 퍼져 도움이 필요한 사람 모두에게 닿을 수 있길 바라는 마음에 계속해서 책을 쓰고 있다.

기억하라. 출판의 방법은 여러가지가 있고 정답은 없다. 자신만의 스토리가 있다면 기획출판 외 자비출판, 자가출판의 방법도 두루 생각해봐라.

7. 책 초안 작성 시 반드시 마감일을 정하라.

책 초안 작성 시 한 달 내 끝낸다는 목표를 정하고 글을 쓰라고 여럿 이야기했다. 하지만 한 달은 나의 기준이지 두 달도 상관없다. 단, 초안을 쓰는데 너무 오랜 시간을 질질 끌지 않는 것이 좋다. 처음 쓰기가 어려울 뿐이지 계속해서 쓰다 보면 어느새 원고가 거의 완성되어 가는 모습을 보며 뿌듯할 것이다. 일단 방향성을 제시해주는 목차부터 짜고 그 목차에 하나하나의 글을 채워 넣는다는 생각으로 임해보자. 앞서 이야기했듯 250쪽~300쪽 분량의 한 권의 책을 완성하기 위해 A4용지로 100쪽 내외를 작업해야 한다고 했다. 하루에 2장씩 쓴다고 하더라도 50일이면 충분하다. 조금 더 욕심을 내 글이 잘 써지는 날에는 원고를 더 쓰다 보면 30일 안에 충분히 원고를 완성하는 것도 가능하다. 책쓰기를 마음먹었다면 반드시 마감 기일을 정해두고 해낸다는 마음으로 끝까지 임하길 바란다.

8. 퇴고는 여러 번 거칠 것

자신의 글을 몇 번이고 읽어보고 수정한다는 것은 정말 글 쓰는 것만큼 힘든 작업이기도 하다. 이 퇴고 역시 오랜 시간이 걸린다. 첫 책을 작업할 때 충분히 샘플북도 보면서 오탈자 수정을 거쳤다고 생각했지만 막상 책을 구매해서 본 지인의 오탈자 지적을 보고 퇴고가 끝났다고 생각될 때쯤 다시 한번 원고를 검수해야 겠구나 생각할 수 있었다. 내 글을 내가 여러 번 읽어본다고 해서 오탈자가 완벽히 잡히는 것은 아니다. 그러니 다 봤다고 생각했을 때쯤 도움을 줄 만한 지인들에게 도움을 요청해보는 것도 하나의 방법이다. 그것이 어렵다면 비용을 들이고서 라도 오탈자 및 기본 검수를 해주는 외주를 맡겨보면 어떨까. 앞서 이야기했던 내지 디자인시 주의해야 할 사항들은 머리속에 넣어두고 꼼꼼히 퇴고를 거쳐보자. 머리말, 꼬리말, 페이지수, 폰트/이미지 저작권 등.

부크크 내에서는 비용을 주고 책 원고 수정도 가능하다고 이야기했지만 한 달에 2번 수정이 가능하며 비용도 들어가기 때문에 한 번 원고를 작성할 때 완벽하게 작성하는 것이 좋다. 그러니 최종 책이 나오기 이전에 퇴고 과정을 꼼꼼히 여러 번 거치길 바란다.

9. 베스트셀러의 조건 :
타이밍, 책 제목, 책 표지, 홍보/마케팅

책쓰기 관련 강의와 관련 책을 읽다 보면 베스트셀러가 되는 방법을 확인할 수 있다. 대표적으로 타이밍, 책 제목, 책 표지, 홍보/마케팅을 이야기할 수가 있을 것 같다. 책을 낼 때 사회성을 반영하고 그 시즌에 유행할 만한 어떠한 소재로 책을 썼을 때 입소문이 나 책이 잘 팔리는 경우가 있다. 이 외 앞서 이야기했던 책의 첫 인상이기도 한 책 제목과 책 표지를 감각적이고 눈에 띄게 하는 부분이 있을 수 있겠다. 이 외 책을 낸다고 무조건 팔리는 것은 아니므로 홍보/마케팅에 힘써야만 한다.

여러 번 이야기했듯 기획출판은 출판사에서 마케팅 홍보 활동을 진행해주지만 자가출판의 경우 홍보 마케팅까지 모두 내 손으로 진행해야 한다. 예산이 여유롭다면 다양한 마케팅 활동을 통해 지속적으로 책을 알리기 위해 노력해야 하며 비용이 여유롭지 못하다면 지인을 통한 서평단이라도 필수로 운영해보자. 아울러 비용이 들지 않는 인스타그램, 블로그 등의 채널을 최대한 활용하고 이 마저도 버겁다면 여러 채널을 운영해보고 유입이 좋고 진행하기에 좀 더 효율적인 채널 하나만을 집중적으로 운영해보면 어떨까.

베스트셀러가 된다는 것이 쉬운 일은 아니지만 그래도 책을 만들 때 염두에 두고 진행해본다면 그 확률이 올라가므로 반드시 유념해 두자.

10. 내가 곧 스토리다.

자신의 경험50:지식50의 비중으로 책을 써라.

내 경험, 내 삶이 곧 스토리가 될 수 있다는 생각을 가지고 책을 써보자. 책을 쓸 때는 자신의 경험 50, 관련 지식 50 해당 비율로 적는다고 생각해보자. 그래서 자료조사가 중요하다고 여럿 이야기 하는 것이다. 자료조사를 한 내용과 자신의 경험을 적절히 믹스하여 책을 써보면 좋을 것이다. 결국 사람들이 원하는 건 나의 경험과 노하우니까. 이번 책도 첫 책을 작업하면서 내가 겪은 다양한 경험들 위주로 책을 만들었다. 내 경험과 내 스토리를 들려주고 관련 지식을 쉽게 전달한다는 생각으로 책을 써보자.

11. 너무 두껍지도 얇지도 않은 책을 써라.

첫 번째 책은 282쪽 분량으로 책을 썼다. 두 번째 책은 100쪽 중반대로 책이 마감될 것으로 보인다. 자가출판의 경우 책 페이지수가 많고 컬러로 인쇄된다면 그로 인한 책 정가가 올라간다. 책 정가가 올라가면 시중의 도서와의 경쟁력에서도 밀릴 수 있고 잘 팔리지 않을 우려가 있다. 책이 너무 얇을 경우엔 지식이 얕아 보일 수 있기 때문에 너무 두껍지도 그러면서 너무 얇지도 않은 책을 쓰는 것이 좋다.

이것도 다 경험에서 우러나오는 것 같다. 자가출판 플랫폼 부크크를 처음 이용할 때는 가격을 전혀 고려하지 않고 원고를 작성했는데 최종 원고 등록 단계에서 책 정가를 확인해 보는데 22,000원이 나와 놀랐던 적이 있다. 이 정가는 부크크에서 정하는 정가이므로 내가 임의로 낮출 수 없다. 지인들도 책 가격이 너무 비싸다는 이야기를 많이 했고 시중에 나온 책들과 비교해봐도 내 책의 가격이 월등히 높았다.

그래서 이번 두 번째 책 작업을 할 때 그 부분을 반영해 적절한 가격으로 책을 내기 위해 쓸데없는 내용들은 자르고 핵심만 전달한다는 생각으로 100쪽 중반으로 책을 쓰게 되었다.

부크크 기준 자가출판의 최소 조건은 책 페이지 기준 50장 이상이다(내지 편집이 완벽하게 되었다는 가정하에). 아울러 책의 가격은 책 두께, 날개 표지, 컬러 인쇄 등에 따라 천차만별로 변할 수 있으므로 가격 정책까지 고려하여 적당한 분량의 책을 써 보기 바란다.

12. 여러 명의 독자가 아닌
한 명의 독자를 만족시킨다는 생각으로 써라.

앞에서도 넓은 타겟을 잡고 책을 쓰는 것보다는 좁고 명확한 타겟을 잡으라고 이야기했다. 상품이든 책이든 모두를 만족시킬 수 없다. 1,000명의 독자를 만족시킨다는 생각보다는 한 명의 독자를 만족시키겠다는 생각으로 책을 쓰면 된다. 사람마다의 기호는 너무 달라서 내가 아무리 좋은 상품이라고 평가를 한 들 다른 이는 별로 라고 생각할 수 있다. 그러니 모두를 만족시키겠다는 생각보다 좁고 명확한 타겟을 잡고 단 한 명의 독자를 만족시키겠다는 생각으로 책을 써라.

13. 설렘으로 즐겨라.

난 요즘 눈이 일찍 떠진다. 사실 직장인이라면 매일 아침마다 일어나는 것 자체가 고역이고 피곤함에 1분 1초라도 더 자고 싶은 마음이 클 것이다. 하지만 나는 책을 내겠다는 목표를 잡고 그것을 쓰는 과정이 너무 재밌고 행복해서 아침마다 일어나는 것이 설렐 정도였다. 첫 번째 책이 나와 그것을 필요로 하는 누군가가 구매하는 것을 볼 때 설레고 작가의 자격으로 네이버 검색에 내 이름이 뜨는 것을 보면 또 설렌다. 첫 번째 책에 이어 나의 이야기를 담은 두 번째 책을 내고 있는 지금 이 시점은 그저 하루하루가 설렘의 연속이다. 심지어 집중이 잘 되는 주말에는 12시간 이상 책쓰기를 할 정도로 즐겁다. 사람이 목표가 있으면 어떻게든 해내게 된다는 말을 책쓰기를 통해 비로소 실감할 수 있었다. 여러분들도 여러분들만의 다양한 목표와 버킷리스트들이 있을 것이다. 그것이 책쓰기라면 내 책이 실물로 나온다는 생각, 독자들이 내 책을 구매해 많은 도움을 받는다는 달콤한 상상을 지속적으로 하며 고통의 책쓰기가 아닌 설렘의 책쓰기로 그 과정 자체를 즐기길 바란다.

이제 여러분들의 이야기를
세상 밖으로 꺼내 주세요

첫 번째 책을 낸 이후 책 쓰는 것에 흥미를 느끼고 내 출판 경험을 담은 두 번째 책도 출간할 수 있어 뿌듯하다. 처음이 어렵지 그 이후는 쉽다는 것을 이번 책쓰기를 통해 다시 금 깨달을 수 있었고 두 번째 책을 쓰는 중 또 세 번째 책의 소재가 생각나 세 번째 책도 시간 나는 틈틈이 써 내려가 많은 사람들에게 선보이고 싶은 심정이다.

책 쓰기 전 시중에 나온 책쓰기 강의는 물론 여러 권의 책들도 읽어보았다. 직접 읽어보니 책 한 권을 쓸 때 방대한 지식, 노하우를 적어내려 가는 것보다는 일반인이었던 내가 첫 출판을 진행하는 과정에서 필요하다고 생각한 정보, 소재를 생각한 방법 등 그 출판 경험을 알려주는 것이 더 유용하겠다 란 생각에 내 경험에 기반한 내용들 만을 본 책에 압축하여 담았다. 그러다 보니 생각했던 것보다 책의 두께가 많이 얇아지게 되었다. 하지만 내가 의도한대로 이 책 한 권만 읽어도 책쓰기에 대한 감은 충분히 잡을 수 있을 것이라 생각한다.

물론 나는 전문 작가도 아닌 그저 평범한 일반인이다. 그럼에도 판매보다는 내 경험과 노하우를 필요로 하는 많은 이들에게 전해준다는 생각과 목표 하나만으로 여건이 되는대로 책을 써 나갈 예정이다. 사람이라면 누구나 자신 만의 스토리가 있고 그 스토리 하나하나가 책 소재가 될 수 있기 때문이다.

아무쪼록 절대 책쓰기를 할 수 없을 것만 같았던 내가 첫 번째 책에 이어 두 번째 책도 써 낼 수 있었던 것처럼 이 책을 접한 많은 분들도 책쓰기를 두려워하지 말고 자신감을 갖고 부담 없이 책을 써 내려갔으면 좋겠다.

결국 책쓰기는 지식이 많고 글을 잘 써야만 해낼 수 있는 것이 아니다. 누누이 이야기했듯 책쓰기에는 왕도가 없다. 글을 잘 쓰지 못하더라도 자신의 경험을 쉬운 글로 진솔하게 풀어내며 꾸준하게 쓰는 것 말고는 그 방법이 없다. 그러니 머리로만 생각하지 말고 꿈이 있다면 직접 한 두 줄이라도 꾸준히 써 나가보자.

책 쓰는 목표를 늘 염두에 두고, 내 책이 실물로 나왔을 때, 그리고 필요한 독자가 구매한다고 상상하면서 책을 쓰면 처음은 힘들더라도 그 상상이 책쓰기를 지속하게끔 하는 원동력이 되어줄 것이라 믿는다.

나 역시도 첫 번째 책에 이어 두 번째 책이 시중에 나오리라 전혀 생각하지 못했다. 글을 잘 쓰지 못하는 일반인인 나도 해냈는데 여러분이라고 해내지 못할까.

이젠 당신 차례다. 당신의 담백하고 진솔한 이야기를 혼자만 가지고 있지 말고 세상 밖으로 꺼내 나눠 보자. 내 책을 읽은 당신의 이야기를 손꼽아 기다린다.